少年台湾

蒋勋

CTS ｜ 湖南美术出版社　　博集天卷 CS-BOOKY

目 录 *Contents*

纪念我的小学好友陈俊雄

自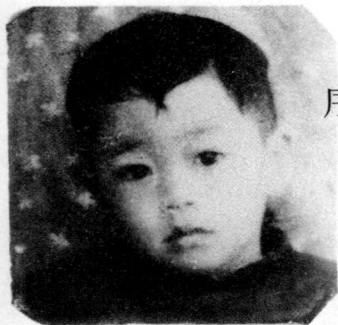序

Author's Preface

一九五〇年，三岁的时候，父母带我在马祖白犬岛照相馆拍了一张照片，用来申请进台湾的通行证。

在拍摄那张照片之前，我的人生完全空白，没有丝毫记忆。

一九五一年随母亲在基隆上岸，踏上生命中宿命的岛屿，开始了此后成长为少年的岁月。

这个少年，成长的过程中，父亲常谈起故乡福建，母亲常谈起她的故乡西安。父母都有他们的乡愁，然而，少年自己，全部的记忆都是台湾。

最早落脚的地方是松江路，在远房叔公的公家宿舍，母亲带着五个孩子，打地铺，窝居在一间小小的屋子里，鼻腔里有许多小孩球鞋穿久了的湿臭郁闷的气味。然而，夏天夜晚院子里的扶桑花和一些蕨类野草，释放出清新又混合着辛辣香甜的芬芳，我常常深深吸一口气，像是要把一个季节花草的香都吸到肺里去。

父亲晚一年到台湾，我们搬出叔公宿舍，在当时的"中正路"和"建国北路"交叉口铁道边租赁了一栋日式的木造小房子。

我开始有很清晰的记忆了，火车定时驶过的硿咚硿咚声，汽笛长长的呜呜声。隔壁吴家邻居小女孩在门口洗澡时的裸体，水晶肥皂的泡泡和她身体的气息。（她不时会跑来我家，没有原因地坐在我旁边很久。）

还有小我四岁的弟弟不断哭泣抽咽的声音。直到母亲回来，一手解开衣襟给他喂奶，一手打开报纸裹的温热馒头，递了一个给我。

（我记忆着一种饥饿，肚腹里空空的慌张，那也是襁褓中弟弟死命哭叫的原因吗？）

两年以后我读了中正小学，是不足岁的入学生。

再过一年，赋闲两年的父亲找到粮食局的工作，可以配给到一栋在大龙峒的宿舍。

母亲带我坐二号公交车，在最后一站"大龙峒"下车。

车站紧靠孔子庙南面的红墙，孔庙西侧是屋顶有许多彩瓷装饰的保安宫。

保安宫前有一个大水池，水池四周有许多垂须的大榕树。那天，我跟母亲走过，池边聚集了一群人。我钻进人群看，是一具淹死的尸体，用草席盖着。一个和我同样大小的孩子，用石头丢掷尸体裸露在草席外的脚。

母亲走过保安宫，在保生大帝的神龛前合十拜拜。

穿过保安宫西侧的窄巷，一畦一畦的菜田、稻田，远远看到一排新盖好的黑瓦平房，母亲说："这就是家了。"

重庆北路三段二九五巷二十一弄二号，那几个数字，好像成为少年时记忆里的密码。我的脑海里常常闪过这几个数字，记忆的盒子就打开了。一直到我二十五岁，第一次离开岛屿，去了巴黎，我持续只用这一个密码。

《少年台湾》是我许多挥之不去的青少年岁月的记忆，这里面的人物很少是知识分子，他们在岛屿各个角落的底层生活着，嘉义月眉、笨港，云林古坑，台东南王，南投集集，高雄弥陀、梓官，花莲盐寮，澎湖望安，兰屿野银，金门水头，马祖芹壁……

一九九九年，五十年来岛屿第一次政党轮替之前，好像有一种莫名的盼望，我开始写《少年台湾》。

二〇〇〇年，政党轮替之后没有多久，《少年台湾》停笔了，一停就是六年。

（为什么停了六年？我在疑惑什么吗？那些生活在岛屿各个角落的人物沮丧失落了什么吗？）

六年后，《少年台湾》重新开始，《少年台湾》里应该有比"政党轮替"更重要的事吧。

岛屿上习惯谈论政治，我听多了，常常悄悄离开那些喧嚣的声音，背起背包，摇晃去一个安静小镇或村落，去看一看岛屿上沉默生活着不善谈论政治的一些人。

那一段时间，在台北、高雄、台中这些大都会，初见到一个人，我习惯问：你从哪里来？

那个人如果说是"高雄"，我会追问：高雄哪里？旗津？盐埕？燕巢？冈山？路竹？鼓山？六龟？

那个人如果说"台北"，我会追问：台北哪里？万华？三张犁？芝山？厦门街？永康街？汐止？大稻埕？木栅？

我想追问的是身体里最初的记忆吗？小小的地方，有气味，有色彩，有声音，还没有大到像"台北""台中""高雄"那么抽象或空洞，还有很具体的人的踏实生活——生活还没有只剩下一堆吵闹空洞嚣张的语言。

为一个奇特的没有听过的地名出发吧，背起背包，随意坐车，摇晃去一个没有去过的地方。

台湾的少年，应该可以这样在岛屿上四处流浪，习惯在孤独里跟自己对话吧。

坐在路边，坐在小火车站，看午睡流口水的黄狗，听夏日午后的一树蝉声；庙口有打瞌睡的独眼老人；榄仁树大片叶子坠落，风吹过，像屋角猫伸懒腰的一声叹息；远远有油炸红葱头的酥香的气味，一阵一阵；还有在板上剁碎肉的"笃笃笃……"声。

如果风里是一阵一阵浓咸香郁的酱味，我大概知道是到了西螺。如果风里是一阵一阵刚采收的辛烈的蒜味，我大概知道是在云林刺桐。

我用嗅觉记忆我的故乡。

这几年我住在八里，南边是"龙形"，北边是"米仓"。叫"龙形"是因为观音山在这里像龙转了一个弯，"米仓"则是山脚下一块小小的河岸腹地，有稻米堆积。

我不为什么，写了《少年台湾》，那些长久生活在土地里人的记忆，那些声音、气味、形状、色彩、光影，这么真实，这么具体。我因此相信，也知道，岛屿天长地久，没有人可以使我沮丧或失落。

这不是一本阅读的书，这本书合起来，就可以背起背包，准备出发了。

你，当然就是书中的"少年"。

二〇一一年十二月二日蒋勋写于八里乡米仓村

少年．集集

樟树列植的绿色隧道，
通往那静好的山中小镇，
火车站自在无碍，天摇地动后重生，
给纯朴与清新停驻。

摄影／梁鸿业

因为地壳板块挤压，岛屿的中央有了一脉隆起的大山。

大山上的积雪、泉水，融汇成河，浩浩荡荡。

河流一出离大山，仿佛被平坦的原野土地挽留，蜿蜿蜒蜒，减低了速度，一味拖滞流连，在众多大小卵石的河床间浅浅缓缓流过。

许多早期从西边海岸平原登陆的移民，占据了海岸线及河流出海口冲积扇一带肥沃富有的土地，也占有鱼盐和贸易的便利，形成人口较密集的市镇。

移民的过程中，占地为王，因此颇多械斗。

族群间为了土地的占有，往往聚众斗殴。

男子执农具相互厮杀，残酷的报复持续不减，甚至购买枪械火药，屠灭一个村落，女子婴儿皆不能免。

弱势的幸存者，或者迁往靠山区的人烟稀少处避难，或者在土地贫瘠处立足生根，乞一饭之饱，放弃了争夺。

在靠近山区的仄狭河谷两侧，也渐渐有了人口不多、生活幽静俭朴的聚落。

数丛细长的槟榔树散落在住家四近。夏季除了蝉声，一片静谧。因此，一旦有外人靠近，黄狗从隐伏处突然跑出狂吠，使灶间正工作的妇人也从竹凳上立起，擦了一手的污渍，走到窗口，顺着黄狗的叫声，远远看去。

田陌小径上正走来三十多名年轻的学生，有说有笑，也有被黄狗吓住不敢走上前的。

"小黄！"一个高个子男学生喝斥着黄狗。黄狗认出主人，即刻俯下身，摇尾摆头，在主人裤脚处磨蹭示好。

（梦里总是有一种惊恐，使我频频惊醒。当我忍住泪，贴近你的胸前时，房屋仿佛崩裂般摇动着。我不相信，我们是在经文计算的毁灭中。我们是在毁灭中，虽然你笃定地握着我的手，抚慰我说：一会儿就过去了。我仍然泪流满面。想到这一次过去后，毁灭仍在某处等待着我们。）

然而妇人打开了祠堂，在多年没有特别供奉的神案上上了香，并且抱歉地说："孩子都大了，结了婚，移居在大城市里。乡下的老屋子反倒荒凉了。"

"也常去台北啊？"学生们问。

"住不惯啊！"妇人又抱歉地说，指一指高个子男学生，"他是老幺，等他大学毕业了，也要到外地发展，这老屋就真的剩我一人了。"

祠堂里摆了三个圆桌，铺着红色塑料布。每一桌十二副碗筷盘匙。

我说："一下来这么多学生，把阿姆累坏了。"

"没有！"妇人忙着倒茶，回头说，"都是邻近的欧巴桑一起来帮忙的。她们还在厨房里准备菜呢！"

果然大灶间热乎乎地有五六名妇人忙来忙去，见一大票学生来说"多谢"，忸怩不安地擦着一脸油渍的汗，坚持着要学生到庭院去玩，别挤在灶间了。

（我踱步的地方是在光亮与阴暗的交界吗？我看见剥荚白笋的女人的手，在泡着水的铝盆里捞起一大把绿色的笋皮。她的手又以惊人的速度折叠着冥纸，准确而毫不犹疑，那一沓冥纸，不多久就松松成为一摞在风中摇晃的莲花座。）

灶间有各种动物和植物的气味。用大刀切着细嫩姜丝时的清辛，带着芳甘的水汽。葱是有着呛味的，铺在鱼的腥味上恰巧中和了。热烈的花生油在大铁锅里沸腾，一大把拍碎的蒜头丢进去，蒜的辛辣呛冲被热油炸成一阵焦香，一缕飞卷着的白烟袅袅散去，使灶间的气味更混杂了。

也许是削去粗皮的丝瓜，透着如同蛇一般冰凉的体温。

但是，砧板上一块始终没有被处理的猪肉，在仍透着血色的温暾暾的木讷里，仿佛回忆着曾经有过的躯体，有过的痛或满足的记忆。将被剁碎，或者被切成薄片，或者被斩成大块？一旦没有了可供回忆的躯体，它无辜而又茫然地坐在砧板上，等待下一种状态。

（我们在等待哪一种状态呢？）

在那个叫集集的小镇，我能够记忆的还有你吗？在饱足的饭后，我有些酒醉了。学生们躺在祠堂前的晒谷场数星星。我说："别做那么庸俗的事好吗？"然后，有黄狗吠叫了，我被人扶着站起来。他们说："你看！你看。"

我看见阒暗的稻田（在暑热消退的夜晚透着仿佛熟饭的香味），稻田的田陌上远远闪着手电筒的光，一点一点，从散在田间的几处走来。

我听到了妇人们的吆喝，听到了此起彼落的招呼声。

妇人说："都说我们家来了三十多个客人，被子一定不够，各家便都打着电筒送棉被毯子来了。"

（在地动山摇的时刻，少年，我觉得毁灭的时刻里有过你悉心的照顾，有过香案上袅袅上升的烟篆的祝福，有过在巨大地壳移动、板块挤压时不可遏止的泪水。如同刚刚出离千山万山的浊怒的水溪，到了平旷的土地，有千般眷恋，有千般流连，有千般叮咛，有千般缠绵。）

原载于一九九九年十一月十五日《自由时报·自由副刊》

少年。水里

大地的泥土快速旋转，
造化伸出双手，拉扯、挤压、塑形，
且在顺着山坡砌筑的似蛇长窑中，
烧出生命的各样姿态。

摄影 / 翁翁

老师傅粗大的手在黄泥的圈窑里搅拌，有时连脚也踩进去，一身都是泥。

"这一带都做大缸，都是亲戚，你们每家随意看吧。"老师傅跟大伙儿说。三十几名年轻学生便散开了，三三两两在村落里串出串进。

（我在哪里？在有宽大叶子的榄仁树下坐着一只黄猫，仿佛笑着，眼睛眯成一条缝，颤巍巍地抖动嘴边的髭须。我以为它守候的是一条等待剔食的鱼骨，结果却是一只彩色粉蝶的尸体正被一群蚂蚁悄悄抬着移动。）

黄泥被揉成一大团，像一尊佛，端端坐正在像蒲团的辘轮中央。老师傅端详着面前这一堆土，好像看着自己的一生。只有几秒钟，没有几个人发现，像是仪式里最慎重的默祷。

仪式过了，他用右脚的脚掌在辘轮的边缘一推，辘轮像着了魔似的飞快地旋转起来了。

中央那一堆像佛的黄土，也跟着旋转了起来。

老师傅好像等待猎食的兽，一刹那间高耸起肩膀，两只粗厚的大手直直插入泥土中。

（使我恍惚想起神话里用手劈开海水的先知，原来，有一种手的力量，真正是可以移山填海的。）

在急速旋转的泥土中，他粗厚的大手成为稳定的轴心。泥土柔软湿润，仿佛刚刚绽放的花的蓓蕾，一瓣一瓣向外展放张开。

（花就是在那么急速的展放与死亡之间，连续把自己完成的啊。）

泥土的形状不断改变，是在手的拉扯和挤压间变化。但是因为速度很快，反而不觉得手在用力，只感觉到老师傅宽厚的背膊都高耸拱起，好像力搏野兽般地用劲。他的手却只是轻轻触碰着泥土，泥土如同有了符咒的力量，开始向上旋转。

一具大缸底座的容器空间逐渐形成了。底座直径大约三十厘米，器壁四周微微向外张扬，构成细微的弧线。

拉坯拉到大约三十厘米，老师傅停止了。他把推动辘轳的右脚搁下，两手收回，安静地端视着刚刚成形的大缸粗坯，和他的体形一样，粗重厚实，很难动摇。

"底圈要放在屋脚阴凉处阴干，等土质稳定了，再用泥条盘筑的方法接续上半部。"

老师傅搬来一座已经阴干好的缸底，另外揉了一团土。把土扯成手臂粗的泥条，在底座的上缘快速地盘筑起来。泥条像蛇，盘踞而上，逐渐堆高，完成了一只高有六十多厘米的水缸。

"现在没有人用这种大土缸了。满街都是塑料缸，又轻便，又便宜。"

老师傅一面修整缸缘的泥土，做出一圈弧形的器边，一面用席子衬垫在泥土表面，右手执木槌，轻轻地在还潮湿的器表拍打，使原来条状的泥土融合成一片，泥土的表面也印上了一条一条编织的席纹。

"那为什么还要做？"

"不做这个，做什么呢？"老师傅摊开染满黄泥的大手，憨直地笑着，"从十六岁学做缸，四十多年了——最盛况的时候，一天做四百个粗坯，远近都夸耀赞美说：是能干的师傅。"

他又揉了一堆土放在辘轮上，自言自语地说："不做这个，做什么呢？"

（黄猫身上有虎的斑纹。在蚂蚁抬着一只彩蝶的尸体移动时，它眯着眼，仿佛没有看见，兀自笑着。紫色木槿花在夏日的风里轻轻摇动。有人的声音从窗口传出，远远的，觉得是在斥骂孩子，又像是叮咛丈夫到镇上买什么东西。黄猫竖起耳朵听了一会儿，睁开眼睛，看着渐行渐远的蝴蝶的尸体。也许是夏天午后常有的阵雨将至，远处云间传来一阵阵低吼般的沉闷的雷声。）

整个村落里都是缸。大大小小的缸，重重叠叠，一摞一摞堆成高山一般的缸。有的用粗草绳捆扎，有的大大小小套在一起。有的歪倒了下来，砸碎了，压裂了，散置在院落、街道、斜斜的山坡上。

木槿一丛一丛开着紫色的花，也夹杂着美人蕉，黄的、红的俗艳色彩，招来四处飞舞的彩蝶，钻进花里，蠕动着，吸食着甜腻的蜜。

一名姓潘的十六岁少年站在堆满了缸的土坡上。手插在腰间，踌躇自满地俯看浊水溪从源头的高山间远远流来。

　　夏季的河流浅滩处露出大大小小的河床，河床上满是卵石，丛生着杂草。水流不大，在卵石间形成清浅的水塘。牵牛的儿童仰躺在卵石地上看天上的云。云飘拂过的影子，每一朵都像水牛的动作，而真的水牛泡在水塘里翻滚，使一塘水都变成黄泥般混浊。

　　从斜斜的土坡上下来，老师傅肩膊间特别巨大的关节骨骼架子，特别厚实有劲的肌肉，使他走路的样子也蹒跚如一头身躯笨重的牛。

　　他走进无数大缸堆到天际围出的小路，他满意地看着，一直堆到天顶都是缸，一直延长到天边都是缸，他听到大缸里一些寄食的猫的争吵声。蹑手蹑脚，他轻轻走近，一跺脚，把猫吓得一阵烟逃窜而去。

　　老师傅独自哈哈大笑，两手插在腰间，又看了一次缸的上方一条窄窄的、颜色蓝得仿佛滴得出水来的故乡的天。

　　　　　原载于一九九九年十一月三十日《自由时报·自由副刊》

少年。南王

太平洋的风赶着上岸，

只为在卑南山下、槟榔树旁，

听朗澈的歌声，好久没有敬我了你，

这里叫普悠玛，原音的故乡。

摄影 / 翁翁

离海岸不远的地方，大山就陡立了起来。山和海这样接近，使可以居住的土地非常狭窄。

所有的槟榔树都笔直向上，没有横生的枝丫；从海岸边一直延伸到稍有斜度的山坡，都是长长的槟榔树。

再高的地方，全是巨石矗立，没有植物可以生长，石隙间被覆着薄薄一层坚韧的绿草。

站立在槟榔树间，可以远远听到海浪击打岩石的声音，汹涌澎湃，是整个太平洋巨大力量的拍击，使岛屿猛然直直站立起来，仿佛要努力和那挤压拍打的力量对抗。

（鞭敖夫，你一定不记得你在教堂中捶胸顿足痛哭的那个夜晚吧！你号叫着：神啊，神，你为何遗弃了我。你像一只狼，又像一头被激怒的山猪，拱起如山一样的肩膊，捶打自己的胸膛。）

这里其实是非常宁静的山村——只要稍稍避开东部纵贯线的车道——村落里通常只有在槟榔树的阴影下坐着发呆的老人和躺卧在老人脚边的黄狗。

"鞭敖夫是一个不快乐的少年，鞭敖夫已远远离开了他的家乡。"

我经过这个村落时特意绕去鞭敖夫的家。

他的母亲以奇特的语言向我解释鞭敖夫的近况。她黝黑苍老的脸上有很深的皱纹。

她的奇特的语言使我尴尬，包括那语音的别扭，文法的破碎，词汇的怪异。但我不知如何是好。我知道所有我能使用的语言对她来说都是"外来语"。她会说日语、北京话、闽南语，但也都是破碎的。那些语言陆续进入她的村落，一个接一个，她和她的族人都迅速吸收；也许吸收得太快吧，变成一种混杂破碎的组合。

"耶稣基督会照看他。"她这样说。

鞭敖夫雄壮的胸口一直挂着一枚闪亮的金属十字架，他是从小受洗的，很受村落里加拿大籍的传教士的疼爱，传教士叫他"汤玛士"。

星期天的早晨，村落异常安静，连槟榔树下的老人也不在，整个山村仿佛死去一般寂静，黄狗看着一片掉落的槟榔叶发呆。

风吹动时，叶子在地上旋转，刮着地，沙沙作响。黄狗凝视着，低低吠了两声，发现叶子似乎并无敌意，便继续躺下睡觉。

建在村落底部的教堂，比一般的房舍高一点。前门有一块用扶桑花围篱成的广场。教堂的墙壁漆成白色，靠近屋顶的地方漆了一围蓝色，加上屋顶上一座十字架，在村落中就是醒目的标志了。

在星期天早晨，整个山村死寂的安静里，从任何角落都可以听到教堂缓缓的风琴声，好像很老很老的男人的喉音，一种疲惫而又奋力鼓动共鸣箱的声音。

阳光在槟榔树最高的青黄色叶尖上跳跃，从大片海洋上反射起来的阳光，越来越亮，配合着怠懒的风琴的声音，使整个山村仿佛沐浴在一种慵懒的宠爱与赐福里。

懒洋洋的风琴弹奏持续了一会儿，开始有人声参加进来。男子和女子的声音，小孩的声音，高亢清亮的声音，宽厚低沉的声音，伴随着风琴，在一整个寂静的山村里流荡着。

（你要寻找什么？鞭敖夫。你如一头被围堵激怒的山猪，愤怒地哮叫着。你在村落的巷弄中奔跑，大声叫着：妹妹，妹妹，你在哪里？你在村落短墙后面发现三四名男子，手里还拿着妹妹和几名少女的身份证。你发怒了，拿起锄头，追赶着分开逃逸的男子。你跳起来，用所有你会的"外来语"叫骂着这些买卖少女的人渣，你用锄头猛敲他们的头。任何人都拉不住，锄头打下去，男人的脸喷出鲜血，喷在你的脸上，喷在你胸口闪亮的十字架上。你气喘吁吁，想不起来该用什么语言痛骂这些恶棍。忽然有人说：快跑吧，鞭敖夫，警察要来了。）

有关一个杀人少年的故事在小小的南王村流传了一段时日。有人记得他宽阔的脸颊骨，晒得黝黑的皮肤，明亮澄澈、黑白分明的眼睛。有人记得他发育得特别壮大的身躯，如一堵墙一般的厚厚的胸背。

有人记得他前胸的那一枚闪亮的十字架，染满了鲜血。有人记得他跑进教堂，捶胸顿足，用锄头劈打着神坛，大声吼叫着：神啊，神，为何遗弃了我。

夜晚特别圆的月亮，从槟榔树的尖尖叶梢上升起。明亮洁白的月光使小小的村落更显宁静整齐。

骑着摩托车的加拿大籍传教士仿佛熄了引擎的火，车子像滑行一样无声地驶过教堂前的广场。他回头看了一眼明净的月光下开得特别艳丽的扶桑花。很鬼魅的暗红色，一朵一朵，也像血迹，使山村的记忆变得有点伤痛而且不祥。

他嗫嚅着因为衰老而干瘪的嘴唇，好像在叫唤一个名字。

是"汤玛士"吗？

他全白了的稀疏的头发，在月光下发着银光。

他记忆中的那个少年是有着和善的笑容的，血色红润的嘴唇，雪白健康的牙齿，在球场上特别有弹性的充满活力的身体。

在月光下，那个球一直跑远，少年的背影也越来越远。

远到山坡的高处，少年忽然回过身，头上戴着山猪皮和山猪牙上镶饰着贝壳的美丽头冠，上身赤裸着，下体围着黑色缠红黄编织的腰带。

他露出一口白牙快乐地笑着，大声说：我叫鞭敖夫。

原载于二〇〇〇年一月号《联合文学》第一八三期

少年 。望安

天人菊、琼麻、古宅生了根，
饱储水分与情感，岛屿大大小小，
视野皆洁净，遥望殷殷的祝福，
在天之涯、海之角。

摄影 / 钟永和

人们称呼这里为"离岛"。

但是，它并不是一个孤立的小岛。

它与数十个大大小小、有人居住或无人居住的岛屿，形成海洋中一片岛屿群。

岛屿群海拔很低，几乎没有高山。冬季吹过海峡的季风毫无阻挡，使植物难以生长。

一些极度耐旱、耐干、耐风的植物在这里才生了根，像仙人掌、天人菊、琼麻。

那个研习岛屿生态的学生说：这里生长的植物，都必须在炎热的阳光和干冷的风中努力贮藏水分。

也许因为没有肥硕茂密的植物，岛屿的视野非常洁净，可以眺望到很远。

看到陆地和海洋连接的线，看到一点微微起伏的线，像躺卧着的女子的躯体；看到高而蓝的天空，在夏季时一点云都没有。

阳光使人晕眩，仿佛走进一个没有听觉的世界。

（蹲在石砌的矮屋墙角阴影下，一个干瘦的中年女人，在地上铺了一张报纸，报纸上一堆带壳花生。向偶尔路过的游客说：买花生。）

因为每年十月后一入秋冬，海面季风强劲，岛上大部分靠海为生的渔民被迫停止作业。

长久以来，岛上的居民便习惯于在季风期的半年中前往邻近的海港，依靠打短工或打零工的方式赚取生活费。一旦有较稳定的谋生的工作，就逐渐在繁荣的港都定居，不再返回岛屿，形成了这个小小离岛的移民潮。

望安，便是有眺望盼望的祝福之意吧。

在天气晴朗的时候，在岛屿高处叫作天台的地方向东眺望，浮游的海气隐隐约约，抱着孩子的妇人指指点点，仿佛那就是男人前去打工的所在，仿佛那就是梦想中繁华的港湾。

从天台一路走下来，近海的岬角上就有可以奉祀神明的庙宇。

妇人从阳光明亮的户外进来，庙宇黝暗阴凉，雕花的窗透进几线阳光，香炉里犹自冒着上一个妇人点燃仍未烧完的香烟。

（你从码头水泥铺设的小路一路走来，黄昏夕照的光，虽然每天都一样，仍然使你讶异。一圈圆圆红红的落日，像一枚哭得红肿的眼睛。许多诡异的紫、红、蓝、灰，在金色扎眼刺眼的光线里，交替、变幻、闪烁。）

岛屿各处都闻嗅得到鱼的腥味。许多甫经捞获的一网一网的丁香鱼、仔鱼，成片成堆曝晒在庙宇前的广场。

妇人哭哭啼啼牵着孩子的手走过，一群嗡聚在鱼尸上的苍蝇，即刻飞散，似乎有点恋恋不舍地在空中盘旋。

等待妇人的哭声渐渐远去，孩子仍独自一人兀立在广场中央，苍蝇又一一降落，密聚在浓郁的鱼腥的尸味上。

（我需要一种远离你的寂寞吧。）

琼麻的花一寸一寸抽长，在那么粗糙坚韧的身体里抽出一寸一寸柔软的花茎，开放出一串一串月白色的花朵。

琼麻的纤维粗硬结实，是渔民用来制作缆绳的材料。在饱含盐分的空气中，干燥炙热的烈日，让植物的内在紧密纠缠成一丝一丝拉扯不断的细线，如铁丝一般。

琼麻宽厚的叶瓣，在干枯腐烂之后，仍然有牢固的力量。制作琼麻的工人，把叶瓣放在岩石的平台上击打。

粗重的木桩打下去，打出黏稠浓绿的浆汁，带着咸辛的烈味。

（身体最柔软、最饱含水分的部分都被重力的压榨去除了，剩下的会是什么呢？）

一缕一缕像死者的长发丝一样的琼麻纤维曝晒在海边的岩石上。

涨潮的时候，被海水浸泡，退潮以后，被烈日炙晒，琼麻变粗变硬，变成最能抵抗侵蚀腐烂的最后的纤维。

撮成一绺一绺，好几股交缠在一起，像最健康的少女头上的发辫，可以系住一艘载满渔获的船只，可以在船舷的边缘，在码头的拴茅木桩上磨蹭而不断裂。

新来的年轻学生，已经分辨不出琼麻与仙人掌的不同了。

小孩一路踢着圆圆的石头，一路跑下海去，他不记得童年时有一天母亲为什么哭过，在许多小鱼干尸体的广场，他站立着，听到哭声，看到一群苍蝇嗡嗡地在头顶飞旋。

在天台的最高处，当遍地的天人菊生长成一片的时候，微微的海风撒播着蒲公英的飞絮。

一种岛屿上特有的云雀盘旋而上，随着啾啾的叫声，从贴近地面的高度一直往上蹿升，到了连仰望着的人脖子都酸疼的时候，已经小成一个黑点的云雀的身体，忽然如一颗石头，直接下坠。"快要撞到地面了！"在旁观的人要惊叫起来的时候，云雀像恶作剧一般，忽然展开翅膀，离开了地面，继续向上飞起。

有人说这是岛屿上云雀的游戏，也有人说是为了求偶，必须用特技一般的飞旋和勇敢的坠落来吸引繁殖生命的伴侣。

（在你渐渐去远的时候，能够记忆的似乎只剩下你颈项上的一颗黑痣。）

在我潜泳到海域深处的时候，那些五彩缤纷的热带鱼盛装华丽，它们告诉我一个遗忘在岛屿的夏季，如此繁华。

许多色彩斑斓的灯饰，许多经过刻意装饰过的明亮的鱼的眼睛，在丝缎般的闪亮，金属与宝石的光的相互交映里，和海底的珊瑚、莹绿的水草、闪烁着珍珠光芒的贝壳，和虾蟹的特异鬼魅的造型，以及每一片透明的鱼的鳞片，一同沉入不可记忆的底层。

　　我，在最柔软的沙地上沉沉睡去，连同童年时母亲的哭声，都已阒寂至死。

（我竟没有说一句告别的话。）

　　　　　　原载于二○○○年二月号《联合文学》第一八四期

少年。白河

汗珠在少女的肌肤上成熟，
莲花于金黄阳光下绽放，
南部的小镇是制服的白，
莲叶何其田田，绿色光影频频眨眼。

一条笔直的路，路的两边是整排的杠果树。粗大的树干，临马路的一边，怕妨碍交通，低处横生的树枝都被截断。树的枝叶密密集中在顶梢。隔着马路，两排树梢连接成浓密森郁的树荫。像一条绿荫荫的幽静隧道，把火烈炙热的阳光筛成一小片一小片金色的圆点。

骑脚踏车过去的中学生抬起头，眯着眼睛，看树叶间隙中闪亮的金色圆点。浓密的树叶间夹杂着一枝一枝向下垂挂的杠果。

还很生涩初初结成的杠果，像一根一根的小童手指，比树叶的颜色浅一点，青青的。中学生咽一下口水，好像感觉到青杠果辛烈刺激的酸味。

（母亲用浅青色的粉笔，在白布上画出几条线。觉得不确定，又拿起来在女儿身上比一比。女儿的肩膀更宽了。她低头偷窥了一眼女儿的胸部。忽然觉得两颊发烧。好像害怕女儿发现自己脸上的红晕，急急说：好了，去做功课吧。随即用两枚大头针别在布上做记号。等女儿离开了，她拿着剪刀，望着两枚大头针发呆。"那是女儿的肩宽啊！"她兀自感叹着。一刀剪下去，听到"咔嚓、咔嚓"金属和布匹铰剪的声音。白布剪成了一个人形，有领口，有两肩，有腋下，有对襟的胸口，有她刻意铰成微微弧线的胸线和腰身。）

所以那个夏日的小镇是你初初长成的记忆吧。

仿佛一把冰凉的剪刀，沿着温热赤裸的肉体剪去。她感觉到剪刀冷冷地贴着肉，贴着颈脖和肩窝，微微地酥痒冰凉。

她想笑，但又有点害怕。"母亲的剪刀，会不会剪到肉啊！"她这样想。母亲似乎很笃定，用皮尺量了肩宽，量她的胸部。她呼吸急促起来，觉得皮尺绷得很紧，绷得透不过气，觉得要窒息了，额头上冒着轻微的汗。

（当父亲渐渐走远的时候，听到母亲那一架胜家牌的缝衣机咯噔咯噔响起来。缝衣机的针在布匹上"嗒嗒嗒"打下细密的针脚。）

"关于户口稽核的事，派出所的警察在准备资料，日子确定了，先把通知发到每一户去。"父亲是小镇上受尊敬的警察，他骑着脚踏车经过镇上时，两旁的摊贩都向他致意："李桑①，坐一下。"

但是父亲是一本正经的。他的老旧的卡其制服，黑色皮鞋，头上的一顶大盘帽，都没有改换过。

他在小镇上，像那条笔直路旁的杧果树，是永远不会改变的画面。

他骑脚踏车上班与下班的时间，也都天长地久，固定不变。

他像一张照片，一直放在电视机上的一张黑白照片，有一天发现了，用手拂去上面的尘灰，才发现父亲已经退休，已经逝世，穿着那一套卡其制服火化。

———————————

① 桑，日语さん的中文发音，是一种尊称。

（“母亲啊，小镇什么时候种起荷花来了？”）

好像在许多冥纸的火光里飞升起来的荷花。一片一片，一朵一朵，一瓣一瓣，漫天飞扬开来。

路边仍然堆着一埵一埵肥硕的杧果。青绿色的厚皮上渗出许多黑污的黏稠汁液，结成斑渍，非常黏手。采收的人一身都是杧果的气味。他们脱去了上衣，身上皮肤晒得黑亮黑亮，在炎热的季节，杧果的气味和男人肉体上汗的热味一同蒸腾着。一种强烈的夏天的气味，一种原始的肉体的气味。到处留着浓黄黏稠的汁液，留在白棉布衣服上，洗都洗不干净。

（她搓着肥皂，泡沫一堆一堆冒起来，水里有肥皂的碱香味，很像夏天冰在冰块上的糯米粽子。而母亲的剪刀剪到腰际了。冰冰凉凉的金属，在那么怕痒的腰的两侧贴着皮肤上上下下。“不要那么贴身吧！”她央求着，“不要那么贴身。”她希望自己是在肥皂泡沫中慢慢恢复清澄的河水。泡沫都流走了，河水漂着洁净透明的白棉布。没有一点污渍的白棉布，一个夏天的杧果和男人肉体上的气味都流去了。）

“我要在下一个车站下车。”

她跨过一篓一篓的莲蓬，裙子边被竹篓挂着。她弯下腰解开。妇人忙移动竹篓，赔笑着说：“失礼，失礼！”

许多不认识的妇人坐在街边剥莲蓬。

（如果这时父亲骑脚踏车咯噔咯噔经过呢？）

她看到妇人坐在阳光下，头上戴着斗笠，手指敏捷，动作迅速地把莲蓬剥开。莲蓬中掉出一粒一粒饱满圆肥而且洁白的莲子，好像刚洗完澡的肚脐，露着好奇似婴儿的顽皮眼睛。

莲子剥净了，放在一只大铝盆里。妇人们取笑着，说那像一粒姑娘的奶头。

一名闲坐无事的欧吉桑觉得这是淫猥而且不伦不类的比喻。妇人们因为欧吉桑的愤愤，越发放肆爆笑起来，并向欧吉桑调起情来。

欧吉桑生气地离去。

她独自一人一直走到荷花田的小路中。已经是夏末秋初，但是天气依然燠热。亮烈的阳光照在荷叶上，荷叶一片一片形成各种变幻不定的绿色的光影。

莲蓬已经采收了，但是似乎还疏疏落落开着一些艳粉色的荷花。花朵衬在绿色的荷叶上，随风摇曳。

欧吉桑咂咂嘴，好像要赞叹，也似乎找不到适合的句子，只好继续站在花田间抬头看荷叶的绿、花的粉红、天的湛蓝。

"怎么荷叶都这么高啊！"

一个中学生远远走来，白色的制服上映满绿叶的光影。她喜悦地仰头看上面重重叠叠的荷叶，忽然看到父亲在花叶的另一端凝视着她，苍老而且脸上看起来有点怒气的父亲，使她吃了一惊，她下意识地把书包抱在胸前，赶紧摆摆手，她身后那正要靠近她说话或做什么的男学生便一溜烟跑了。

原载于二〇〇〇年三月号《联合文学》第一八五期

少年．野银

兰屿太小，每个村落都近海；

人也太近海了，胸膛与海浪同呼吸；

将独木舟推入海，欢呼声太过狂喜，

飞鱼纷纷跃出水面。

摄影/钟永和

小岛的南端有码头，乘船的游客在这里上岸，飞机场也在这里，码头附近有几家汉人开的商店。售卖杂货、日常用品，也兼营一个简陋的吃食摊。

比较堂皇高大的一幢建筑是汉人经营的一家旅馆：两层楼的水泥房子，外墙漆成俗艳的蓝和粉红，下层是一排落地的玻璃门。

许多皮肤黝黑、眼眸特别黑白分明的小孩，赤裸着肉肉的身体，在旅馆大门处跑来跑去，或者一排趴在玻璃门上向旅馆里面窥伺。

旅馆职员不时走来吆喝，挥手驱赶，小孩便像苍蝇"嗡"的一声飞散开来。

小岛太小了，每一个村落都非常近海。

忧郁的妇人坐在自家夏日的凉棚里梳头，黑色如丝缎一般发亮的长发，一直梳着梳着，好像要梳到地老天荒。

听到海涛的声音由远而近，由近而远。一波一波，也仿佛天长地久，她只是要坚持这样坐着，一直梳头。

年轻的警员抱着一只篮球，一路拍打，蹦蹦跳跳，走去小学的操场。

警员路过凉棚，看到妇人仍然慢条斯理地梳着头，警员叹一口气，一路拍着球跑着离去了。

四月飞鱼季节来临之前，他们雕好了一艘船。船身用整根树干刨空，上了桐油。船舷外侧，花了六个月的时间，雕出浮刻的图像，再一一上彩色。有菱形黑白的格子图案，有发着亮光染成红色的太阳，一个圆形，外圈是向外放射的三角形光芒。有成串的白色飞鱼，好像已被捕猎，挂在树枝上曝晒。有一排排的男子，头上戴着银片镶饰的盔，赤裸着上身，下裆围一条长布条，兜着生殖器，绕过两臀之间，在后腰际打一个结。

（这不只是一艘船，这是族人生存的故事，他说。在船造好之后，两端高高翘起的部分装饰了山雉和其他鸟类的尾羽，迎风飘动。在船下水启航之前，必须被族人祝福。一艘新船，放置在村落中央的广场，非常华丽的新船，昂首挺立，显得神气极了。族人带来了小米、山芋、香蕉，堆放在新船四周。"这是要供养船的食物。船和人一样，要吃得饱饱的，才能出海。"他说。）

小米、山芋、香蕉，越堆越高，淹没了整只船。

广场上看不见船了，矗立着一个小米、山芋、香蕉堆成的小山。只有船头和船尾高高翘起的部分还看得见，山雉彩色斑斓的羽毛在风中摇曳，好像岛屿黄昏时血红的夕阳的色彩。

黄昏的霞彩火一般燃烧得如此炽旺，好像要坚持把一碧如洗的天空全部烧红。

当凉棚中眺望着海的妇人继续不曾停止地梳着头时，族中年长的男子戴起了银片制的头盔，围坐在被食物掩盖的新船四周。他们开始以自己古老的语言咏唱起来。

我看到的妇人盘坐着梳头的姿势，以及在广袤无垠的大海与天空间撒野般泼洒得烂漫惊人的彩霞的颜色，都使那老人咏唱时一波一波沙哑的歌声如同符咒。我漫无目的地在村落中走着。发现一些半穴居的建筑，用方整的石块砌成，海的细沙石以及海梧桐一类油绿油绿的海岸植物，使村落看起来洁净而又整齐。

（我遗忘了自己的姓氏，那些强调血缘、传统、家族的姓氏。也许，你将给我一个新的名字，叫作"瓦央"或者"瓦历斯"。使我可以听懂那些符咒般的歌声，乘划独木舟到海浪的波涛中去。或者潜入海底激流，在澄澈的水底看漫游于礁石间的五彩斑斓的热带鱼。）

咏唱围坐在广场上的男子，一批一批轮替。从族中最年长的一批，逐渐替换成中年、壮年，歌声和篝火持续不断。

天空向东的方位，逐渐透出旭日之前微明的白光，咏唱的男子已换了最年轻的一群，他们赤裸着黝黑肤色的上身，摇动着覆盖额前的刘海，声音雄壮高亢，好像要逼走黑夜，好像要在黑暗的夜色中逼出光亮，好像要从死静的大海中逼出一轮熊熊的黎明的旭日。

然后，仿佛真的因为歌声高亢，浩大的旭日终于跳出了海面。大海中跳跃起金黄色的闪亮波涛。男子们起身欢唱，动手撤去了堆积成山的小米、山芋与香蕉，一艘新船静静沐浴在晨曦中，光亮华丽，仿佛娇宠无比的新妇。

青年们吆喝着，一边十二人，将新船架在肩上，欢呼着奔向大海。

当旭日刚刚离开水面，一面亮堂堂的红日四射金光，青年们踊跃入海。第一次接触大海的新船，也仿佛兴奋得癫狂跳跃，随着波涛上下左右摇晃，青年们一一攀上新船，高唱着嘹亮歌声，开始了这艘船捕捞飞鱼的首航。

（我是翻越岛屿中央的一座高丘抵达野银村的。第一位在岛屿上行医的Ｌ医师指示我走这条路。站在遍生着野芋和狗尾草的山坡高处，他指给我看山脚下房舍整齐的村落。他说族人们极恐惧死亡，避讳到医疗所，所以他常常骑摩托车到各村落，挨家挨户寻找重病而不就医的人。"不是'抢救'病人，而是和家属'抢夺'病人，把他们尽速送到医疗所治疗。"他笑着说。）

挂在竹竿上被烈日炙晒的飞鱼，薄而透明如纸的身体，映着阳光，可以清晰地看见齐整对称的鱼骨。

观光客拍了许多照片，当他们准备离去的时候，才发现那名一直坐在凉棚中梳头的妇人，如此忧郁地望着大海。妇人专心一意，不准备有任何改变。在小岛洪荒的年代，或者，在小岛成为邻近政府置放含辐射的核能废料的年代，她一头如丝如麻的黑发，长长披挂下来，手中笃定地握着一柄梳子，规律地、缓慢地、永不放弃地梳下去。

那个名叫高世光的警员，依然在黄昏时卸下了公务，换上线背心、短球裤，露出肌腱壮硕的肩膀手臂，从派出所一路拍着篮球，跑去小学的操场。

　　当他经过梳头的妇人时，总忍不住感伤惋惜，但日子久了，他心里盘算的已是除役调职，离开这总是使他心里发慌的小岛的时间了。

　　　　　　原载于二〇〇〇年四月号《联合文学》第一八六期

少年。九份

繁华与消颓起于金矿，
重生或俗艳全因观光，
通往再熟悉不过的山城，
纤曲盘旋的路，
但没人厌倦啊！
远瞰的海景沐浴着洗练的光。

摄影 / 钟永和

石块砌磊起来的阶梯，构成窄长陡斜的巷道，纡曲盘旋在山坡上。

一幢一幢石头砌建的房屋也迂回次第依山路修建，形成岛屿东北角上一座景观独特的山城。

这原是一个僻远的山区。冬季从东北端吹来的季风，使山区长期陷于潮湿阴雨的寒冷气候，并不宜于居住。

在二十世纪初，由殖民者发现的金矿，一度使山城变得繁荣起来。

被雇用的淘金工人，以及前来冒险的野心者，共同创建了最早山城的规模。因为金矿而致富的居民，特别有一种挥霍财富的豪迈。

山城陆续开设了酒家、餐厅、赌场、戏院，使身怀黄金的粗犷男子们的生理和心理都有了纾解的场所。食物、性、女人，以及对不可知的幸运与不幸的押注，使小小的山城有着亢奋激进的野性，有着在淘金者与赌徒之间的梦想与幻灭性格。

淘金的梦想果然没有维持很久。在金矿矿脉迅速枯竭之后，淘金者陆续离去。山城原来盛极一时的餐饮业、性交易行业，以及赌场，都因为失去主顾突然没落式微。

（多年后，当你走上已略显倾颓的阶梯小道，数度踩到滋蔓的青苔，稍不慎重即可能滑倒。已处处显得荒废的宅邸，犹有斑斓的彩饰雕花，想见当日曾经有过的繁华。你虽步履维艰，仍一路彳亍而上。并时时停下脚步，远眺山城脚下静静沐浴在海洋中的岛屿海岸，犬牙交错，在山岚雾气缥缈中光影迷离。恍然山城某处仍暗藏富有金矿，在淘金者陆续去尽后，才绽放了明亮的光。）

或许你相信，所有山脉间隐藏的黄金，都已随大雨冲刷，流入大海。在黄昏时分，山城的每一个向西的斜坡上，都可见沉静如黄金一般的大海，使原来匆忙走在山坡阶梯上的行人，都一一停下来看望与赞叹。

也许是在将近一百年的荒废中，繁华有机会沉淀成一种真正的富裕吧。

在转上石阶的时候，撑着伞的人正抱怨春雨连连，遍地都是湿答答，却从伞下看见了废弃院落一株雨中的樱花，开得烂漫繁盛。浅浅的粉红色，纷飞的花瓣，映着飘散飞扬透明的雨丝，映着云隙间飘忽不定的光影。

撑伞的人停步在石阶上，不能确定这是败落荒凉废弃的山城，还是欣欣向荣，正逢春日繁花盛放的山城。

他有一点觉得要喟叹，却终究还是大踏步走上石阶去了。

（为什么会选择这里？他歪着脑袋想了一下。）

在男性中，他是个子特别矮小的。圆圆的头颅，憨憨的笑容，带着十足的孩子气。常常脱去了鞋袜，在石阶上奔跑着。

"好像是前世的什么记忆召唤着吧。"他这样想。

觉得有一名穿着粉红底小白花旗袍的女子，脸搽了粉，白扑扑的，站在戏院前，好像在电影就要开演前，焦急等待迟到的朋友。过往的游客都在看她，说不出为什么这个单身的女子穿着过时的服装，又这样盛装站在戏院前。

他刻意抬头看了看戏院上面悬挂的巨幅广告牌。

（啊！阒暗的影院中流动着如此虚幻的一道白光。他四处张望，在许多如鬼影般的人头上。那一道白光投射在银幕上，映照出一张白扑扑的女人的脸，幽怨地含着泪水，眨着黑亮的大眼睛，表演着离别前与爱人的难舍难分。）

现实的世界里都如此难舍难分吗？

他想请那女子不要再等了。他想说：都开演三十分钟了，要来早该来了。

在特别连绵不断的春雨里，屋檐上的雨滴答滴答。沿着屋角，一摊一摊积水的坑洼。好像穿着木屐的脚咔嚓咔嚓走在石板的阶梯上。

没有人记得淘金的工人陆续离开以后，山城的春天是否仍然如此阴雨连连，只是确定斜斜的山坡上一株一株白茶花仍如往常开着繁盛的花。

白色的花被油绿油绿的叶子衬着，花瓣上沾着雨珠，细细的，风稍微大一点，雨珠就四散飞去。

在周末假日，都市里的人一车一车赶来山城。

（他们是来看繁华如何转瞬间幻灭颓败如烟如雾吗？）

在窄狭陡长的山坡石梯上，挤满了游客。沿街叫卖的小贩熙来攘往。

游客好奇地东看看西看看。看一团绞成麻花的面团如何在热油锅中炸黄翻转，沸腾的油看来十分平静，平静到像湖水，映照出一张白扑扑的人脸，也低头望向锅中，好像幽怨始终没有解决，眨着一对含泪的大眼睛。

（我沏了一壶七叶胆。把第一泡的带苦味的水滤掉。再加进热水，小壶里头冲起一股回甘的香气。大部分走到这茶坊来的人，都记得一位喜爱画画的老板，年纪轻轻的，圆头圆脸，有一张憨憨的笑容的圆脸，常常坐在向海一边的窗口，看夕阳如金，沉入大海。"我是新九份人。"他说。我没有回答。把七叶胆的盛杯在手中转了又转，我想知道在戏院门口那穿了过时服装的女子，搽了粉，特意选了粉红底小白花的旗袍，她——究竟一直等啊等的，等着什么呢？）

等到一次繁华都过完了，在绿森森的树梢上，感觉到秋天山城特别阴冷寂静的风。

游客都纷纷下山了，我和你是唯一坐在茶坊中看晚照如血的最后的客人。

原载于二〇〇〇年五月号《联合文学》第一八七期

少年．月眉

摄影／钟永和

天际夕阳未落，勾出如眉的新月，
美的意象如此诱人，
引得多地取相同名字，
都有劳苦人民、纯朴风光、
默默保佑的神明。

他从市镇中心的天后宫向右转，拼命踏着脚踏车。

旺盛的香炉中的浓烟，在空气中四散，包括金纸炉中一团一团卷起猛烈的火焰，好像要从熔岩一样火热的炉口向外扑出来。

金纸随大火翻腾，在金黄色的火光里幻化成闪耀的光。也有纸灰从炉口随风势飞扬；烧纸的人都眯着眼，感觉到连发梢、眉毛都一同灼焦燃烧了起来。

庙祝和镇上的老人们口中常常说到作恶的人最终流转于火舌的地狱，在硫黄硝烟的烈焰中饱受折磨。他从小耳熟能详，也觉得那些描述并不抽象。

在每次庙会中，都可以从如火山爆裂一样的鞭炮声、炉火香烟、四周的喧闹中经验到感官的极致。从烈焰中呛呛咳咳，眼中流着被刺激的泪液，觉得要窒息过去时，便如此拼命踩着脚踏车，在拥挤的人群中逆向求一条生路。

所以，是辉煌的庙宇向右转的方向。经过一条窄窄的街市，骑楼下有售卖地方特产的，混合着花生与麦芽糖的食品，一种甜香的气息，像稀释过后的糖液，金黄色的，缓慢流动成近似夕阳的一种透明的光。

（脚踏车上有白衣黑裙少女，当当，驶过被金色夕阳的光染成一片的稻田。青绿的稻叶随风摇曳，金黄的垂垂饱饱的稻穗，好像低头看田水深处倒映的夕阳千变万化的霞彩的光。稻田上有燠热的夏季傍晚的风吹来，带着如同炭火煮熟米饭的香味。）

这里是可以眺望平野的角度，视觉上没有什么遮挡。一眼望去，全是平静的稻田，夹杂其间的田陌上的一些槟榔树也非常整齐。风景里有一种秩序规律使他安心吧，他把脚踏车倚靠在一棵树下，抬头看夕阳未落的天际，却有一弯细细如眉的新月，映照在槟榔树的上端。使他诧异，新月如眉，是可以如此妩媚的啊。

他把被汗液濡湿的制服脱去。翻过来看，厚厚的卡其布料上拓着一大片汗渍的痕迹，边缘将干未干的地方还结着盐白色的渍痕。

"仿佛是盐吧。"他这样想。

凑到鼻下嗅一嗅，大多还是汗味。

但一阵傍晚的风吹来，稻田里被蒸晒了一整天的浓郁如同粽子一般的香味又袭来了。

他放下衣服，深深吸一口气，好像耽溺着这粽子的香味，好像耽溺着暑热里一点点沉甸甸的晚风的清冽。

他感觉到风吹拂着身上一样被汗浸湿的白色线背心，湿湿黏黏地贴在肉体上，很不舒服。

他想把背心也脱去，却又有点犹疑。四边看一看，都是翻飞的稻浪，天空一弯像布景一样的细细的月眉。

"应该是没有人在此刻来到此地吧。"他虽然这样判断，终究还是腼腆不敢脱去内衣。只是把手从下摆穿进扇动，让风可以灌进去。他又拉开衣领，俯下头向胸口吹了几口气，好像可以使皮肤上黏腻闷热的感觉减少一些。

（脚踏车上白衣黑裙的少女笑着叫"哥哥"，又调皮地叫道："阿兄——"轻柔美丽的声音，随着当当的脚踏车声远远消失在巷道的底端。"啊——"他在心底长长喟叹着，"怎么妹妹就长成少女了。"他骑着脚踏车，频频回首，天空的眉月，棕榈树窸窸窣窣的影子，远远稻田中燠热如一锅将熟米饭的晚风，都无缘无故使他脸红耳热起来。他觉得自己少年的身体如一粒皮球一样膨胀了起来，身体的每一个部位都饱饱的，被奇怪的什么东西充满着，好像胀大到要爆裂开来了。"唉，妹妹怎么就无端端长成了少女？"他几乎莫名地泫然欲泣了。）

河流在夏季的潮汛淹没了一些他平日游嬉时熟悉的沙渚。中流里波涛滚滚，像一锅煮开的水。

附近居民用竹篓或铁丝网盛装了卵石，用来截堵汹涌的水流，利用近河边未被大水淹没的土地，种植一些西瓜，或可以短期收成的菜蔬。他走过瓜田，猜疑他来偷盗瓜果的农民站立在堤岸上，手中作势举着一支长长的竹篙，虎视眈眈地警戒着。

他心里偷笑着，一手把制服举在头顶，一手灵巧地泅泳划水，却在胯下紧紧夹着一个圆圆的西瓜。

水流很急，西瓜圆圆滑滑，夹得太紧太松都会脱落。他感觉着大腿内侧的肌肉恰如其分地"拢"着西瓜，好像是自己胯下一个珍贵的宝物，不可闪失，脸上却自若无事，单手缓缓划向河的对岸，看到烈日下拿长竹篙的男人如一个小小黑点，逐渐也在堤岸上走远了。

（西瓜在河岸卵石上击破，红色的瓤肉裂开来，汁液如血，渗入沙地。他把整个脸埋进瓜里，冰凉而甜的瓜肉带着丰茂的水分，从他的嘴角溢出，顺着颈脖，一串一串细细地流淌在他刚刚长成的少年的胸膛上。他脑海中闪过妹妹娇俏的笑容，"阿兄——"，那少女的叫声，好像在汹涌的河流上方回荡，连堤岸上拿竹篙走远的男人也听见回头了吧。他惊慌地抱起岸边的衣服，急促蹿跳在溪流间，心头怦怦地跳着，天上的白云也一朵一朵快速聚集，刹那间卷成和大河波涛一样汹汹的浪花，四处翻滚着，并且从云隙间降下巨大的雷声，一种抑郁已久的低沉的怒气，在体腔内吼叫着。大点大点的雨滴打落下来，打在他的脸上、肩膊上、胸膛上，打在他剧烈奔跳的大腿上、手臂上，一种警告似的惩罚，并不痛，却使他无处逃躲，觉得是脚踏车当当的声音，四面八方涌来。）

大水泛滥的一次，小镇的街道间可以行船。也有人编造了简陋的排筏，穿行过大街小巷。淹没农田的损失，每一天都有人向关心灾情的上级报告。居民们可以做的事大约还是尽量想办法把家中货物架高，最怕浸水的电扇、电视机、收音机、电饭锅，都一一用各种方法悬吊在屋梁上，摇摇晃晃，屋主的心情也仿佛随着荡来荡去，不知道什么时候会扑通一声掉入水中。

冰箱已经淹了水，老祖母不知怎么爬到冰箱上，端端坐着。手中拿着一把锅铲，满脸忧虑地看着脚下流水淌淌。

偶然看到一条像幽灵般的水蛇在水中昂着头轻轻滑过，她便知道死神已来摄取魂魄，口中喃喃念诵乱七八糟的什么经文，心烦意乱，眼角汩汩流出泪水。

长孙泅泳来把老祖母背在背上，祖母瘦削的脸贴在孙子初初长成的厚实的肩背上，孙子说："阿妈，免惊哦。"老祖母的泪水忽然决溃，颤抖着想起水仙庵今春盛放的一丛血红杜鹃，而那塑画着仙人神佛的墙壁，仿佛从天宫俯看人间的繁华，有一种喜滋滋的快乐表情。

"而如今，那天宫上的仙人塑像也浸泡了水，将如何是好呢？"

她紧紧抠住孙子赤裸裸的肩膊，觉得孙子肉体如此烫烈，如盛大的夏日日光，而那冰冷远去的水蛇的影子，犹使她寒战发冷。

原载于二〇〇〇年六月号《联合文学》第一八八期

少年 。盐寮

摄影 / 梁鸿业

来到这滨海的小村落，山离得更远，海退得更深，欲望降到了最低点。简朴的心灵，顿时让天地宽阔了起来。

因为太平洋波涛的拍击挤压，岛屿东部隆起了一条陡峻高耸的山脉。

"海洋使山站立了起来。"当地一名少数民族的歌手这样叙述着。

所以在山和海之间只有窄长狭小的腹地。新开的公路夹在这条腹地中，两边能够居住和种植谷物的土地都很少。

从港口南下，跨越过一条卵石磊磊的大河，浊黄的泥沙夹杂着上游纸浆工厂排放污水散发的臭气。

视野辽阔，两山夹峙，河口长风几万里吹来，澎澎湃湃。

少有工业的区域，居民相对于岛屿西岸的现代化城市的进步，显然是落后的。但也感觉到唯利是图的商业已在迫近。污染河水，摧毁山林景观，在渴望虚幻的进步繁荣的同时，居民们也显然惊惧着故乡逃避不了的即将改变的宿命吧。

（我的来此便只是一种多余了吗？）

世纪末的最后二十年左右，因为西岸岛屿的急速工业化，城市中少数知识者有了现代化的抗拒，开始零星出现从城市出走的孤独者，他们便在这一条窄长的海岸线上寻找一二可以栖居的据点，或幽闭于人群之外，读书修行；或潜心思考，意图身体力行，实践一种新的社会生活。

M君就是最早携带妻子儿女来此卜居者之一吧。

（我为何无法忘怀你黝黑干瘦的清癯面容？长久以来，耽读哲学或思想史论著，却愈感觉着言谈理论与力行实践之间巨大的落差。你甚至偏激论断：岛屿上并无一名哲学的力行者或实践者。你说：哲学往往是一种生命的偏见。墨翟、庄周如此，柏拉图、第欧根尼如此。却因为可以执一而行，使偏见成为一种行动的力量。）

是海洋使山直立起来的力量吗？可惊的巨浪击打岩石的力量，从深深的海底推挤着，一定要逼迫土地站立起来。

M君穿着圆领的布衫，系一条宽宽的布裤，赤足，走在海涛回旋的岸边。被阳光炙晒发红的脸上露着孩童的笑容。M君的妻子则坐在新筑好的屋檐下缝制纯棉布的衣裤。一儿一女，都脱得精光，四处奔跑嬉耍，追赶鸡犬。

"房子是在这里住了三十年的老荣民和一名阿美族的男子帮忙建筑的。"

用山坡上大量生长的竹子做建材，离地大约一米高搭建起来。竹子一根一根，用黄藤的韧皮扎紧编成篱。镶上门，窗上修葺茅草，一层一层铺得厚厚的。茅草也生长在山坡上，要多少有多少。

这原是当地人修建居所的传统方法，建材取之于当地，方法也简单，又不怕地震、台风。

"地震来了，竹子弹性极佳，震不垮；台风来了，顶多吹掉一些茅草，隔日补上就是。"老荣民这样说。

他扁扁平平的黑面膛，粗壮的肩膊，一双大手，扎起藤皮来快速有力，不开口讲话，无法辨别他是半世纪内从大陆北方被战乱逼来的新移民，已经一副当地人的架势了。

（我应当接受你这样简单的实践与力行的结论吗？我应当像坐在阳光下曝晒的哲人，向前来访贤的帝王说：请让开，不要遮住了我的阳光。我应当像苦苦思索"生活还可以少掉什么"的第欧根尼，一日看见了狗低头饮水，便毅然决然摔碎了手中最后一只瓷碗吗？）

呵，M君，哲学果真是一种偏见，执一而行，便彰显了知识的力量。

（而在我依靠众多思维生活时，知识只是我左右逢源、与世俗妥协取媚的一种借口吗？）

借口太多，终究只是在假伪的知识里作茧自缚啊！
因此，你定居与离去的盐寮就开始有了传说。

（细雨霏霏。沿路弯曲的车行，使大海和大山交错出现。大山块石隆起，如雄健男子的胸膊肌体；大海在晦明的光线里柔媚缠绵如女子。原来这小而窄的、修建着公路的腹地，是山海长年交媾厮缠的子嗣。大块的绿和大块的蓝，如果是绘画者，会如此奢侈地挥霍色彩吗？那是我第一次尝试在这隐蔽的海域寻找你。假设是一层一层迷乱的海藻，一层一层黝深的珊瑚的枝丫，一层一层鱼与贝类栖居的深处，一层一层幽微的光和水波的错落。我，走进，沉溺进这洪荒亘古以来静待来者的空间。每一扇贝都在慢慢开启，每一道波浪都在退后，每一条水草与荇藻都梳理出了秩序，每一道光，都成为安静的启蒙。我，在长久知识的迷乱里，第一次，有了身心的灵明，可以如此单纯依凭一种信仰，进入浩瀚而空明的领域。）

许多在都市中不快乐的知识者走到这里，他们借住在山岩上的寺庙中，借三五日的静坐闭关，试图静定骚乱不安的自己；或在信奉基督的布道所盘桓，聆听关于舍弃世间物质以达到心灵单纯的道理。

（我只是来听海涛的啸声的，或者是山上每一株茅草存在的真实吧？知识或许可以退得更远一些，眼前若有更可以使心事单纯的事物。如海滩上一颗平凡无奇的石粒，或是海岸上一朵刚刚掉落土中的槿花，一声你院落里随处闲走的鸡的啼叫，或是过路者丢置的半截客运车票……）

（我在细雨霏霏中走来，下了车，看着客运车懒懒发动，缓慢驶去，在笔直的公路上渐行渐远。）

在不确定你的住处的时候，看了看车站上的地名"盐寮"。发现寥寥几家住户的居民都走出门来探看。一家杂货店的老板娘甚至蹲在门坎上，表示要长时间观看我来做什么。我朝她点头笑笑，便径自往斜向海边的路走去。

海的浪涛声更明显了，比雨点打在阔叶植物上的声音澎湃，使脚下的土地微微起了震动。

我想：为什么连地址都没有问就来了呢？

似乎你也表示，就在盐寮，下了车，走一走就找到了。

于是，我听到了钢琴的声音，不那么熟练地弹着巴赫。

我独自笑了起来。细雨中微明微暗的云隙间一线一线的阳光，从海面上反映着一种灰蓝灰绿的色彩，使我在树下静听了一段巴赫。

不太像巴赫。巴赫很少这么荒疏，没有秩序，带着不受羁绊的野性，带着海水中一点盐的咸和辛辣。

我为何这样笑了起来呢？

是否在一个力行着素朴的社会主义理想的实践者身上，看到了一种不克自制的精英的优雅与浪漫？

或许我应当调侃地问你：巴赫与盐寮有什么关系吗？

在这个小小的岛屿一个最容易被忽略的海边，你想实践的乌托邦（啊，那个令人动容的希腊字 Utopia），或许只是在细雨霏霏的早晨弹奏一曲巴赫吗？你的棉布的衣裤，你的捡拾来的桌椅，你的以海边浮木构架起来的屋宇梁柱，你从散集以后的菜市带回来的果蔬……我浏览着，这一切在经济学上堪称"廉价"的物质，只有在你的"伦理学"上有了"昂贵"的意义。如同你的巴赫，如同你在精神上宿命的贵族，一切俗世的物质都不再"廉价"了。

几次经过这一段海岸，你的面容和你的琴音都还会浮现。这一段
海岸所拥有的有关乌托邦的故事却或许将逐渐被繁华所淹没了吧。

原载于二〇〇〇年七月号《联合文学》第一八九期

少年 。八里

摄影 / 梁鸿业

渡轮靠岸处，乃大台北开垦序曲，
廖添丁传奇的休止符。

河之左岸最宜单车，有观音山做伴，
夕阳临于河口，晚霞延烧整片天空。

风暴，常常在炎热持续很长一段时间之后，突然来临。

夏日午后，蓝色的天空变得异常明亮，少数几朵洁净的白云，飘浮在高高的天上。黄昏时分，西边的天整片像火烧一样，红彤彤的晚霞，使河边的人都伫足凝望。

"要起风台①了。"上了年纪的石工看着天色这样说。

空气中有一种宁静，除了电钻吱吱钻在石床上的声音之外，甚至可以听到一波一波扑向岸边的涨潮的声音。

纯净的日光，使山的轮廓显得清晰。山棱的每一个块面，因为日光的向背，产生光线强烈的反差。向光的面块释放出饱和明亮的绿——一种四处流动着的绿，仿佛融化成了稠浓的液体。

背光的部分则暗郁沉重，近于墨黑，似乎躲在不可测知的深处，显现了大山的神秘深邃。

（夕阳在山的背后，整个天空已经通红了。山，因为背向阳光，只剩一条棱线的光。山形陡峭，几个秀丽的尖尖的山峰，看起来像人的侧面，像额角、鼻头、翘起的嘴唇，也像下巴。人们觉得这山的棱线像一尊仰躺的观音，也因此为山命了名字。）

这座山，长久以来出产石材。黑色质地细密的石块、石板，从山上开采下来，沿着山脚堆放。山脚一路可以看到大大小小的雕石工厂。

---

① 福建有些地方将"台风"说成"风台"。

大多以钢铁做骨架，建起结构粗壮巨大的厂房，上面搭建石棉瓦或铁皮屋顶。

有些工厂裁切石板成大大小小的建材，用来提供给买主修建墓圹，或铺设地砖。有些工厂则经营龙柱、石狮的雕造。老师傅带着数名学徒，从早至晚，叮叮当当，成为一兴盛的产业。

（他从石粉、石屑飞扬的厂房里走出来。立刻感觉到夕阳的明亮煦烂。他不太能够形容，但仍然深吸了一口气，仿佛从肺腑深处赞美着：这样的夕阳啊！）

他走到河边，对着汹汹的大河小便。觉得河面有微微的风吹来，吹在他宽厚的胸膛上。他因为每日打石劳作，胸肌和手臂、肩膀都结实饱满。胸口密聚着细细的黑色石屑，混合着油腻的汗，一条一条，细小如溪流，涓涓滴滴，从鼓胀的胸脯汇聚而下，一直延伸到腰腹间的肚脐，好像一枚黑色幽静的水潭。

河水涨潮时，一片一片的水，漫过河边的土地，渗透进沙土的隙缝和洼洞，也漫过了大约一尺高的红树林。

红树上结着一条一条像手指一样的水笔仔。

（他无事时从水边捞起一支水笔仔。把外面一层绿色的包膜撕开，窥探包膜里一株已经成形的小树。）

在海河交界的湿土地带，潮水来去，使植物种子难以固定在土壤中。水笔仔便把树种在包膜中孕育成形。借着水笔仔笔尖一样的锐利，落下时可以直接插入湿土中，使小树顺利成长。

他剥开了水笔仔的包膜，把小树拿在手中把玩。小树稚嫩的根茎，在他粗糙长满茧的劳动的掌上，好像期待呵护、渴望爱怜的婴儿。

（它应该这样成长吗？或者它将注定在这粗糙的掌上结束尚未开始的生命？）

在一个彷徨的假日，他沿河岸走向海口。

许多从上游冲积在凹处的垃圾。

有断头断脚的洋娃娃。

有死猪或死猫的尸体，被一群夏日的蚊蝇虫蚋嗡聚着，人一走近，便轰一声散去。

有单只的皮鞋，歪扭着躺在泥泞中。

退潮以后的螃蟹便从皮鞋中钻出，探出头来，仿佛寻找着失落鞋子的脚踝和脚趾。

他的每一根脚趾都被黑色的泥泞污染了，只露出一截白白粉粉的趾甲和趾头。

（老石工说：这条河多年前常常漂来女人的尸体。在即将出海的河湾里徘徊游荡，不肯离去。也有女人身上还背着出生未久的婴孩，张着仿佛犹在索乳的嘴巴，没有长牙齿的嘴巴，看起来特别令人恓惶。）

所以，河岸长长的有八里那么长吗？

长长的河岸都一一排列着上游人们的故事吗？

他问：那女人是自杀呢，还是被弃尸？

老石工没有回答，只是喃喃自语："又要做风台了。"便抬头看向那火红的西边的天空。

跨过一堆一堆的垃圾，他渐渐不觉得恶臭的气味了。

对岸有一艘机器马达的船，来回渡着这一岸和那一岸的过客。

这一岸的过客常常是办完丧事，踩着山脚下新坟土的黄泥，一脸疲倦沮丧，端着供品或神主牌，站在船头上口中念着经文或咒语。

那一岸的过客多来吃孔雀蛤。看烈火中蛤贝一个一个张开，嗅闻到蛤肉和九层塔的菜叶及大蒜一起爆开时辛辣刺激的味道。

（很长很长的一条红云，从这一岸一直拖到那一岸。一种很不甘心的红色，一种很不甘心的纠缠，拖着、牵挂着、撕扯着，在老石工说的"风台"要来之前。）

他看到一块标志，写着"十三行遗址"，他停在岸边，没有继续走下去。

遗址中有一些方方的坑洞。坑洞里有一个侧身蜷曲的白色的人的骸骨。旁边还有一具一样姿势蜷曲的比较小的骸骨。

（是小孩的骸骨吧？他这样想。）

　　他不十分能够了解注释的牌子上所说"屈身侧葬"的意思。

　　他走到一只瓮缸前，看着瓮缸上陶土的质地和一些编织的席子或绳子留在表面的痕迹。

　　（如果有一个史前的坑洞是空的，或许我愿意侧身弯曲着身体躺进去，试一试自己身体的长度与坑洞的比例。也许那从史前一直空着的坑洞，才是我真正应该诞生的母胎。我要使自己的身体越发像未出生以前蜷曲在母亲子宫中的样子，我才能够再一次回到你我相识之前的状态吧。）

　　他如果在河岸上再走下去，便将看到即将登陆的飓风了。

　　在晚云都散去的时刻，他终于感觉到大地在风暴中微微震动的力量，仿佛他压着电钻的手，在巨大的石块上的震动，他的每一块肌肉都苏醒了过来。

　　　　　　　原载于二〇〇〇年八月号《联合文学》第一九〇期

少年。苑里

手指安静，却在蔺草穿梭时说了话，
说房里古城的街道交错，
如草帽草席之经纬，
更如那家家户户劳动的身影
编织而成的往昔时光。

摄影/梁鸿业

在月色明亮的夜晚，我仍然听得见夜枭在林木中嚣嚣的叫声。而你的手，编织着蔺草，快速而且准确。

每一根经纬线的穿梭，都仿佛从来不曾消失的记忆。那些来来往往的线条，看起来错综复杂，只有你知道，每一根草，其实都秩序井然。

如同小镇街市，每一条巷弄的交错，如同巷弄里每一户人家的故事，在好几代的妇人们口中流传，一样错综复杂，也一样秩序井然。

（那就是编织的智慧吧！　）

你走过那条有红砖矮墙的巷弄，妇人们沿着墙并肩而坐。

她们笑语盈盈，不像在工作。

只有她们的手忙碌着，把一束一束的蔺草编织成各式花样的草帽、草席、夏天用的枕套，乃至于小件精致的烟盒、杯盘的垫子，等等。

我应当记忆的，并不是这样明亮的月色，而是在莹莹的月色下许多在草的纤维中忙碌穿梭的手指吧。

手指像一种语言，像无声的语言。在听觉静止如月色的时刻，你的手指便——如唇开启了。

非常柔软灵活，仿佛无有骨节的手。

是不可见的魔术或幻术吧，使手指在梦想的世界舞蹈。

那些无声开启的唇，每一次开启，其实都有忧愁，有欢愉，有期待、思念、眷恋，有许许多多和草的纤维纠缠在一起解不开的牵连环绕。

或者，手指如唇开启、闭合，也有不容易觉察的哀叹、嗔恨、怨怒、沮丧或厌世的烦虑吧。

（我应当这样凝视着你一直走去，走进那寺庙的中庭，换上僧众的衣袍，拿起一把扫帚，扫起庭院中的落叶。我应当这样凝视吗？看你新剃去头发青青如月色的头皮。低头若有所思：怎么扫帚的柄上竟缠绑着一圈一圈的蔺草。你的手指便又开启了心事，那么多密密的草，真的是心事如麻啊！）

在春天经常浓雾笼罩的清晨，从市镇向邻近的山丘走去。山丘起伏的坡度不大，在少有行人的小径两边，白色的雾便在相思树林间游荡、盘旋、回环，像回来寻找遗落了的身体的魂魄。

黎明初起的光，一道一道，在浓雾的林间形成许多交叠的层次。

大约在四月中旬，更高一点的山坡上，高大的油桐树满满都是白色的花。花瓣纷纷自树梢静静飘扬飞散，洒落在地上，重重叠叠，洁净一尘不染。

山上一所小学的校长，学生虽然不多，仍然每天清早骑脚踏车到学校去。

他经过的小径就开满了油桐花。

他每次回头，都觉得漫天飘扬的花瓣全都静止在空中，没有一朵坠落在土地上。他便一次一次回头，好像在语文课中，带着孩子重复念诵同样一个句子：

"是大雾使花的坠落变得缓慢吧。"

白色的油桐花，白色的雾，白色的黎明初起的光。在许多种纷繁的白色里，他想念起那些在柔韧的蔺草间如低低哀诉的手指。

他尝试伸出手，却触摸不到。

触摸不到花，触摸不到雾，触摸不到四处游移变幻的跳跃的光。

只有那宛转如口唇开启的手指，一直在不远的空中，像一朵永远不曾坠落的油桐花。

如果是在夏天，他一定戴一顶蔺草编的帽子。像日治时代绅士头上戴的式样，有不宽的帽檐，帽檐上端装饰着一圈黑色的布条。草帽的手工很细，没有太夸张的花纹，只有在两侧编织出疏密不同的几圈透气的孔洞。

他遇到熟识的人，便停下车，把帽子脱下，挂在脚踏车的手把上，笑吟吟地聊起家常来。

草帽的内里衬了一圈灰色的丝边，戴在头上时，额头皮肤便感觉到丝的滑润细致。

（等到汗湿的渍痕在灰色丝边上泛出黄色时，你不知不觉就换上了一条新的。而那些换下的泛黄的丝边，都收到哪里去了？拆下来时可以看见布边上细细的针脚吗？而你的手，在握着扫帚清扫落叶的时刻，是否也恍然记忆起每一个针脚上手指的心事？）

编织的手工产业逐渐式微的时候，妇人们都有点惋叹起自己的手指了。

那些手指像开过的花，静静自树梢飘散，完全没有声音。

因此，无论他如何——回首，仍然相信花朵是始终静止在空中的。

（所以，在学校的学生都散去后，戴着一顶旧草帽的校长，照常——检点办公室、教室。把每一扇门都关好，都上了锁之后，他便夹着黑色的公文包，蹒跚骑上脚踏车，依循下山的小径，重新经过来时穿过的树林。）

庙宇中有喃喃的诵经，配合着单调如一、不起变化的木鱼的声音。

校长在回家的途中忽然想起一件事，踌躇了一会儿，便骑车往庙宇去。

庙宇中其实并没有人诵经，也没有人拿着扫帚清扫庭院落叶。

校长很熟悉庙宇了。把脚踏车停靠在门口，跨进门坎，一直走到后面灶间去。

灶间的一名女尼正蹲在地上，整理新摘下的番薯叶。把一簇一簇的嫩叶和粗老的薯藤分开。

"啊，是你，刚来？"

女尼抬起头见到校长，站起来，把手上的水抖一抖，在围裙上擦着。

"没事。"校长说。把草帽脱下来，拿在手上。"下班绕过来，告诉你一声，阿国在美国结婚了。"

"哦。"女尼点头，表示知道了。

"这边也就不宴请亲友了。"校长补充说。

“是。”女尼表示同意。

她走去倒了一杯水递给校长。

校长接过来，喝了一口，把杯子放在灶板上，戴上帽子，说：“我回家去了。”

女尼在灶间看校长背影离去，继续蹲下去整理番薯叶。

（在月色明亮的晚上，他不只听到了林木间夜枭嚣嚣的叫声。他似乎很确定远远庙宇中传来的木鱼的声音。是安静如止水的手指，笃定地拿着小小的木槌，秩序井然地一声一声敲着，仿佛每一声都是停止在空中的一朵花，永远不会落地。）

原载于二〇〇〇年九月号《联合文学》第一九一期

少年。扇平

摄影/钟永和

茇浓溪流域旁的缓坡台地，
周围的山脉如折扇展开，
恰涵纳了瀑布与鸟与蝴蝶的珍贵生态，
来此皆须申请，除了山隙射入的朝阳。

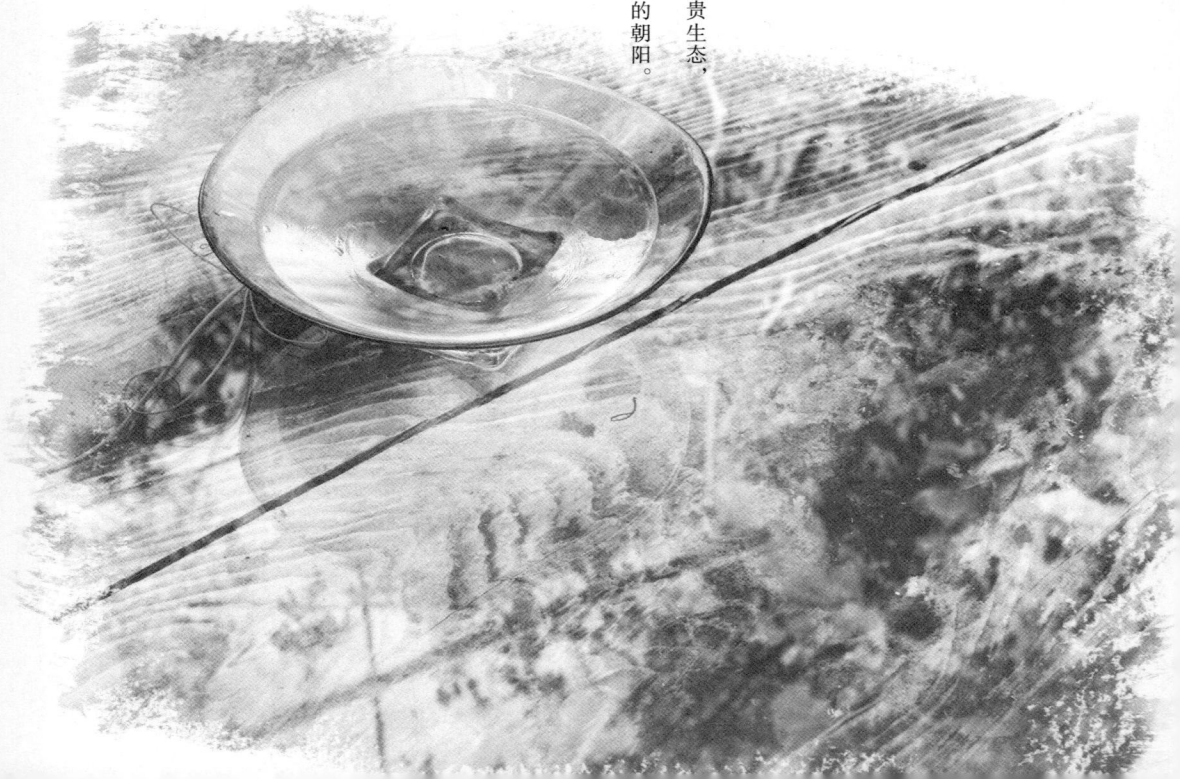

（我坐在众山环抱的平台上，等待初始的黎明从山隙间绽放第一线耀目的阳光。）

岛屿中间有一条纵长隆起的山脉棱线，蔓延到向南的尾端，陡峻山势逐渐缓和了下来。

低矮俏丽的丘陵一座一座，像孩童摆置的玩具，秩序井然。山不再陡峻了；山，从啸傲危立的姿态变得美丽温柔而且可亲。

可以看见迂曲回环的溪水，在群山的秩序间委婉悠悠行来。

（所以，我是在比较高的位置，眺望山脚下的种种。而这里的确是众山间一片如折扇般缓缓张开的平旷台地。）

因为仍然被划归为特殊的林业保护区，从六龟启程，过了大桥，往山上行走不久，就有管制站，需要办入山证明，所以山路上行人就不多了。

少年们常常忽然发现山洼深处一泓如浮玉的瀑布水泉。

山上的湍流急泻而下，在几块巨石间形成清澈的深潭。

他们攀缘而下，急急脱卸去装备衣裤，纵身跳进潭水中，雀跃欢呼，深潭立刻激溅起灿亮的水花，仿佛久未被激动的幽静深谷，也因为少年们的亢奋好动一霎时热烈了起来。

（天色从墨黑逐渐转变成幽微的蓝紫色，山的棱线更加明显了。也许是隐匿在山间某处的雉鸡的啼叫，一声一声，呼唤起黎明的苏醒。而在湿冷的苍苔上，缓缓滑过的一条蛇的体躯，仿佛知道牙中的剧毒，不过是备而不用的死亡的汁液。那么，分泌又分泌的心事的沮丧忧郁，也将储存在我身体的某处。一日，或许可以用来毒杀自己或毒杀他人吗？）

经过一片低缓的沼泽，水和草交错，使许多生物可以在此繁衍。

少年们聆听一名植物专家叙述有关"水韭"的生长过程，对于这种稀有的地区性特殊植物种类，他们所知不多，因此就低下头近距离观察，用手细细摩娑，其实，尚未发现任何与其他草类物种的不同，但已在摩娑间，仿佛有了深意吧。

（天色是在这么不经意间转变的。仿佛在石上静坐，一千年之后，天色忽然亮了。是天色一直在亮吗？或只是闭目静坐，忽然发现已过千年，竟全然不知天色的晦暗或明亮了。）

黎明时可以听见竹林间窸窸窣窣的声音。因为种植着数十种不同的竹类，从巨大的麻竹，到修长挺直的桂竹，以及特殊的方竹和色泽绿黑的墨竹，竹林间的风声便如同一种不同管乐的合奏。竹叶与风的振动，像一种低音的背景，不容易发觉，交叠成一片，在耳膜听觉的边缘，轰轰的，暧昧模糊，却又持续不断。竹竿和竹竿的交互碰撞，因此就像清晨寺庙的木鱼了，久久一声，使暧昧模糊的低音一时清明，像一种决断的了悟，一声就是句点，是始是终，也无始无终。

（我应当耽溺如此的了悟吗？或者，断断续续，在那暧昧不明的交错纠缠里，牵扯不断。了悟自是了悟，牵扯也自是牵扯。）

昂首游在水面上的一条花蛇，使潭水如此幽静。

在许多次的梦境中，你总是缓缓走在那条花蛇的左近。在月光使整座山林的竹篁如笛箫一般响起时，蛇的鳞鳞花斑，在月光下闪着魅人的色彩，你的美丽与仿佛剧毒的露出白牙的笑容，每每使我惊惧赞叹。

茉莉的花香浓郁到令人窒息啊，那才盛放的丰馥的花瓣，仿佛也因为太过浓烈的香味，在月光下一一掉落离枝。

正巧是花蛇缓缓而行的时刻。我一时不能判断这样盘踞穿行在花丛间的蛇的体躯，是否即是隐含着杀机的美？我应警惕回避，但已早早受了蛊惑，我便注定了要这样凝视着剧毒的美丽一步一步逼近自己。

（死在这样美丽剧毒的噬咬下，像一句诗的警句吧——你当然应该不屑那些酸腐小人如蚊蝇虫孑的喋喋不休的琐碎啊。）

在十九世纪的结尾，据说殖民时代的皇族曾千里迢迢来此驻跸。

一幢红桧木修建的简单行馆，虽然陈旧，仍然可见贵族庄邸的规格气派。

　　低矮的石阶，进了玄关，左手有宽约一尺半的廊道。廊道与庭院间以装嵌透明玻璃的拉门隔成。阳光整个下午照晒扑满一整条廊道，使室内如此明亮温暖。

　　（据说，他驻跸的真正原因是未曾公布的肺疾。侍从们在有日光的廊道上摆置了藤制的躺椅，躺椅上铺了绣有紫色菊花图案的软垫。他却不常躺靠在廊道上。那张藤制的躺椅与紫色菊花图案的软垫便在日光一寸一寸消逝中，仿佛永远在等待着主人，成为山中来往的少数仆役口中传说的华贵又有些哀伤的故事的来源。）

　　但是，他真正坐在躺椅上的时间几乎都在夜晚。

　　仆役和侍从都已酣睡，他披衣而起，感觉到南国和故乡完全不同的潮湿而又温热的气候。

　　温热中透露着浓郁的花香，"是茉莉"——那种白色胖嘟嘟的花朵。侍从们捡来盛在碟中，放在他的枕旁。

　　据说是一旦盛开便纷纷掉落的草本科的植物。

　　他发现这些花朵是在夜晚才吐露香味的。好像是山间特别明亮的月光，使幽静的香气如雾一般四处弥漫。

　　他轻轻地伸手在空中捞捕，纤细苍白的手指，好像挥动琴弦，他感觉到花香顺沿着宽大的袍袖，从手肘一直沁渗到腋窝。

　　他把袖口收拢，仿佛搜集了所有的花香，使他可以在如此馥郁花香的拥抱里，躺睡在藤椅上，听山间走过竹隙细细的风声。当月光一点一点在他衣襟上移动时，他无法了解这个遥远的土地，真正是属于父系皇室统领的土地。而他，是这个皇族的嫡裔，他将在这被称作"殖民地"的岛屿上，看着一朵一朵盛放之花离枝凋零而去吗？或是他仅渴求如一尾在月色中行走过花丛的蛇，有备而不用的毒牙，而那剧毒只是日渐忧郁沮丧的身体内分泌物的积累吧。

"我的剧毒只是使花香馥郁芳冽而已。"

他记忆起一些古老的诗句，也记忆起被称为"大正诗人"的一些忧伤文人的句子，那些擅长用最少的音节，使生命断句的语言，和这岛屿上毒蛇与花的决绝竟然如此相像啊！

（当你为了调查山中不同海拔高度的鸟类栖居来了扇平，那传说中贵族驻跸的行馆，早已荒废颓圮不堪。加以后来管理者粗俗的改装修建，已不复当年的华贵朴素了。唯一未曾改动的也许只有那宽阔的廊道吧。虽然桧木板有些已断裂腐朽，但坐在那张摇摇晃晃的藤椅上，看日光和月光静静移去，你仍然可以想象林间的风声如何许诺给染患肺疾的忧郁贵族何等尊崇平静的临终。）

他并未继承父祖开疆拓土的功业，他只是在殖民地的一隅养病，看花开花落，似乎知道亡国与建国只是另一种形式的盛放与凋零。

因此应该鄙夷那些满怀政治野心者的粗糙不学吗？当他们口沫横飞，以霸气粗鄙凌辱他人时，是否游过花丛的蛇都纷纷回避，宁愿那牙中的剧毒只是留给自己临终的最后符咒？

告诉我这平如折扇的台地上，有多少栖居的禽鸟的种类吧，它们以多少不同的鸣叫，带给这静山林日日夜夜美丽的回声。

但你是如此谨慎于言语的。我或许只能从你慧黠如鸟的瞳眸中，看窥一点点端倪。而你尖噘起唇嘴，细细鸣叫时，鸟类便从枝梢上低回而下，奇异于它的种族如何改变了躯体形貌。

今夜月圆。我从廊道一步一步走出。下了低矮台阶之后，看见你手植的梅树已结节盘曲如龙，树干上都是苍苔。

我正要细细寻找，探视是否梢头上已有隐匿的花的蓓蕾，你却在树枝间突然出现，向我微笑点头颔首。

啊！相隔一世纪，你知道岛屿的蛇与花香依然无恙。

走离去的殖民者，与新来的殖民者，都不曾知道他们也应来此栖居养病，山下便总是吵嚷喧哗，小人喋喋不休，琐碎令人厌烦，他们都听不到你在月色中听到的蛇与花香的游移。

原载于二〇〇〇年十月号《联合文学》第一九二期

少年。龙坑

摄影／钟永和

鹅銮鼻灯塔绝非句点，
隆起的珊瑚礁才是岛屿最南。
被狂浪日夜侵蚀的岩岸嶙峋如龙，
马鞍藤与水芫花的影子细碎，
往南，海没有边际。

年轻，或许不只是一种珍惜，也同时是饱含着不可思议的毁灭的渴望吧。

岛屿尾端的龙坑，隐藏在木麻黄、林投树、琼崖海棠的婆娑树影之后，不容易被发现。即使偶然被发现了，管制站的值班人员也会婉转地拒绝游客进入。

他从管制站的小木屋里走出来，耐心地告诉游客：四十二天以前可以通过电话或网络申请，取得参观的准许。

游客当然觉得遗憾，一时不想离去，便说：看看解说牌也好。

他走到解说牌前，看到岛屿的最尾端，看到鹅銮鼻这一个比较熟悉的名字，然后也找到了龙坑的位置。

解说牌上的文字和图形都很简单，看得出来龙坑是在岛屿尾巴的尖端处。

游客看到太平洋、巴士海峡、台湾海峡三个海域的名称，而龙坑似乎就决定了三块巨大海域的分界。

的确有点遗憾！他这样想。

如果可以站在龙坑的岩礁上，便仿佛站立在一艘船舰的舰艏，眺看海洋在自己的脚下分开，乘长风，破万里浪。他想象着那种傲岸与自负的孤独之感，便抬头眺望，试图穿透一片蓊蓊郁郁的木麻黄的树梢，看到一点龙坑的迹象。

我穿越了那些树梢。在盛夏炎烈的阳光下，没有人会相信，一个少年的身影，如同鬼魅，可以穿越管制站，可以在管理人员阻挡着其他误闯的游客时，堂而皇之地走进通向龙坑的小径。

巨大的棋盘角树，可以隐藏我不欲人发现的身影。如果是在白日通行无阻的鬼魅，我可以多么无拘束地行走于这多彩多姿的美丽人世。不受干扰地浏览街市中的种种繁华。可以多么靠近去欣赏一名女子翘起的眼睫毛，可以多么无忌惮地嗅闻那婴儿微带奶香甜味的鼻息，可以多么淫猥地贴近你毛发氄氄的下颔与腋窝，可以如何酣畅如饮醇酒地耽溺于你丰美的肉体。

我是这森森树影间的山魅或魍魉吗？

我在年少的青春，便夭折于美的自戕，要使永远无法成人的身体，飘忽在岛屿尾端一片木麻黄与琼麻之间。

在剑戟刺棘的戳伤里，使鲜红的血一一滴点在干涸的土地上。

使受祭奠的尘土与石粒，都因承受青春之血的符咒，永远不得衰老。

永远不得衰老，我祝福的爱，便如此残酷与独断。

我站在岛屿尾端的龙坑，在耸立的岩石顶峰，用比大海浪涛更雄壮的咆哮，向岛屿大声说：永远不得衰老。

太阳烫烈的火焰，使岩石发出嗞嗞的啸声。仿佛夏日午后伸出舌头的狗，仿佛一种午后睡寐间的懵懂。

仿佛我在早夭后的身体，始终依附着这未曾死去苟延残喘的肉身，犹在炼狱的大火中忍受煎熬。

粗粝的岩石像童话中魔怪的城堡，被恶毒的咒语笼罩着。像时时飞动如粗麻的丑怪长发，交错纠缠；像伸在半空中意图报复的手爪，像张开口唇暴露出的尖利牙齿，准备啮咬随意侵入的外来者。

龙坑的怪戾之美，唤起了少年许多童年粗野残酷的记忆。

在那整片不容易生长植物的岩石礁地上，只有紧窄的隙缝间蔓延着一些在贫瘠干地上可以贮存水分的耐旱的草木。那叫作"白水木"的有着肥胖叶茎的绿色草物，低俯攀爬在礁石间，好像确定可以把卑微转化成尊贵而且顽强地生存。

（如同我记忆中你身体隐秘处的一点黑痣和斑痕。或许它们顽强地存在我记忆中，犹胜于我们的思念与眷恋吧。）

我踏上那道木造的阶梯。阶梯迂回盘曲在起伏错落的礁石间。

我记得来过此地。早在没有铺设木造的步道之前。我的脚掌仍清晰地记忆着那些凹凸不平的尖锐礁石，记得每一个突兀的石块形状在脚掌上留下的不可磨灭的印象。

我的脚掌都印记在岩石之间。脚掌记得，岩石也记得。

许多年后，当我重新来临，脚掌便一一寻索着它认识而且思念的石块，一步一步，重新印证找寻那牢牢的记忆。

有一天，肉身的种种，便要如此告别分离，前去寻索它们自己记忆的对象吧。脚掌前去寻索岩石与泥土。

眼睛前去寻索盛放的花朵和翩翩于空中的蝴蝶与鸟的翅翼。

头发将前去寻索天上的云或深海中波浪的回环。

我的口唇，或许仍将前去寻索母亲温暖的乳房。

而我的双臂啊，或许注定将重复着寻索你的身体，寻索一种一再重复的拥抱。

那时，我汨汨的泪水，将前去它记忆的终点，如大河流淌，将寻索向何处，去到哪里？是我此刻如何已无法预知的宿命啊！

因此，当我顺沿着步道，登上龙坑岩礁的高处，我眺望到了一望无际的大海。我看到层层的波涛呼啸澎湃。我看到浪花在岩礁间奔腾碎裂。

我看到礁石的兀立傲岸，遍体鳞伤。

我看到浪涛激情热烈如死的拥抱冲撞，永不停止。

每一道涓涓的水流，从岩石的体躯上流泻而下。仿佛泪水，仿佛悲怨到无话可说的泣诉，一条一条，泪流如此。

或许，我终于知道，我泪的归宿，是这岛屿南端一片无际的汪洋。

在每一个晴空万里的夏日，在惊涛骇浪的大风季节，在一轮皓月圆圆升起的夜晚，我每一滴每一滴的泪水，都只有一个预定的归宿了。

（在你用相机拍摄下浪花固定的形式时，我知道，我的泪也都一一凝结成固定的形状。那是早先的神话已然知道的故事。只是，没有人想在月圆升空的夜晚捡拾那些越来越多的珍珠。它们其实是一种胖的母贝一一吐出的话语，闪烁着、蕴含着月华的光，在此时，又幻化成流动的水珠，回复成洪荒时泪的形状，可以尽情在礁石的无动于衷间倾泻、流动、迸溅，可以使洪荒以来记忆中的爱，如此号啕，如此如泣如诉。）

于是，我俯视每一滴落在岩礁上的汗水的痕迹，圆圆的，周边有一些炸开的边缘。然而，很快痕迹就干了。

你是否相信，岩石记忆着，泥土记忆着，或者一些吹过的风记忆着，记忆着或许连我的记忆都已遗忘的事。

但是，每一块礁石在解开咒语之后，它们都重新知道它们的原形。在岛屿的尾端，在咒语解除的夜晚，它们和早夭于美丽岁月的少年时刻的我，一同牵着手在浪涛间舞蹈，那时，我忽然大声向泪水汹涌的大海叫出裂帛一样的声音——我爱你——

原载于二〇〇〇年十二月号《联合文学》第一九四期

少年。西宝

立雾溪多深，山赌气似的就长多高。

东西横贯公路曲折险峻，

捧着种植西红柿的台地。

开垦之道路多艰辛，

这里故事就多悠长。

摄影/钟永和

男子躺在叫作"西宝"的台地上，四周有很多番茄田。番茄横生的枝茎用竹枝架着，绿色的叶子衬着同样绿色的果实，只有几颗早熟的番茄颜色特别醒目，透着晒满阳光的红。

他去了天祥，觉得天祥游客太多、太热闹了，他就背起背包继续往山上走。

大山一层一层，环抱着山谷，远远可以眺望到溪谷间一条立雾溪，像银白色的带子，蜿蜒在群山之间，也像一条银白色的蛇，努力窜动，好像要寻找出路。

刚下过一天的雨，晴了，山谷间升起一片一片的烟岚。

有风，烟岚移动的速度很快，像一层一层的薄纱，使群山的绿遮掩出丰富的层次。

天空很蓝，很明亮，是刚被雨水洗过的天空。

湛蓝的无际天空，飘浮着一朵一朵的白云。

白云和烟岚不同，同样是水汽，白云聚集得浓密，像很厚的棉花，可以遮挡住阳光，在整座绿色的山峦上拓着一块一块云的影子。

烟岚很薄，可以透光，在山间游移，使山的形状与颜色都若隐若现，有一种轻灵空明的美。

他把背包放在山路旁。这一段山路特别陡峭，太阳晒得额头有点发烫。他解开衣领上端的扣子，让清凉的风吹进衣襟，吹拂他的胸腔、腋下，从两肋边吹到后背，衬衫鼓起来，像吹饱了风的船帆。

他张开双手，好像要飞起来，风也从袖子两端悄悄溜走，袖子啪啪拍打着他黝黑壮硕的两肘手臂。

他喜欢这一带的山，好像许多风从四面八方都在这里聚集。

恰好在峰回路转的山腰台地，可以眺望脚下的天祥——聚集许多游客太过喧哗的地方，也可以眺望脚下更深处的溪谷，也可以平平望去，一层一层群山的峰峰相连，也可以仰头眺望一碧如洗的天空。

"三百六十度的景致——"

他想起很拙劣庸俗的卖房子的广告词。

大学毕业，他在一家房地产的营销公司打过短期的工，每天听到奇奇怪怪的形容词汇，他始终不了解，为什么卖房子要用这么虚华不实的语言来形容。

"我们的岛屿是一个贩卖廉价梦想的地方——"

做房地产做久了的富美，听到他的抱怨，便叹了一口气："消费者要这样廉价的梦想，你有什么办法！"

他没有说什么，他咬着富美的奶头，轻轻吸吮，他看着富美如同一颗桃实一样的乳房，乳头像一粒结实的蒂，乳晕四周有一粒一粒小小的褐色乳蕾。

他翻起身，望着富美大而明亮的眼睛说："你真的是太鲁阁族？"

"对啊！"富美抚摸着她结实的膝盖，"我家在西宝，你听过吗？"

西宝——

他摇摇头，笑着把富美的手从自己的下体拿开。

（他的男性正在萎缩，沾黏着潮湿的液体，刚刚入睡，或许他不想这么快又惊醒它，便移开了女子野心勃勃的手指。）

"西宝——"她趴在男子身上，看他仰躺着，双手枕在脑后，富美看到他暴露着浓黑密如丛林的腋毛，便伸手去拨弄。

"我就叫你西宝吧，很好听不是吗？比我替那些丑陋房地产取的名字都好听！"

她咯咯咯笑了起来，好像一想起自己推销好几年的房地产广告，忍不住就觉得要笑。

男子翻看过富美的"业绩"，她在一个沿河小区一连为好几栋大楼做营销广告。房子卖得不错，每次有"业绩"，老板就开香槟庆祝。（用纸杯装的香槟，老板一手拿着一块盐酥鸡，一手拿着纸杯香槟，向富美恭喜。他们说："恭喜，*Amy*！"他们叫她的英文名字，说："你很有创意！"）

"创意"，男子笑翻了，富美假作嗔怒地瞪着他。

"没有创意吗？你笑什么？"富美打着他的下体。

男子赶忙用手护着，笑得抖成一团。

笑过之后，男子坐起来，把富美搂在怀中，翻着那些"业绩"，他严肃地说："什么创意呢？"他翻过一页："因为在河边，所以叫'地中海'？"

他又翻过一页："你看，又是河边，所以叫'加勒比海'！"

他又翻过一页："哇！太神了，又在河边，所以就叫'波诗湾'——"

他又忍不住大笑了起来，抱着枕头，四处躲避富美没头没脑的劈打。

"这怎么不是'创意'啊，我把'波斯湾'改成'波诗湾'，这不是创意啊！那时候波斯湾打仗打得正凶，这个名字每天上报纸，我一用，房子卖得好极了。"

富美辩解着，有点委屈，她不明白这个认识不久就跟他上床做梦的男人为什么嘲笑她的业绩。

（男子想起女人如同番茄的乳房，是了，其实比较像番茄，不像桃子，更柔软，更饱含水分，更多阳光的明亮。）

"你们族人都有这么美丽的肤色吗？"他用手掌轻轻抚摸那明亮褐色的胴体。

"我的爸爸不是太鲁阁族。"富美说，"他是河南来的荣民，开完中部横贯公路就留在山里。有一小块地，种菜，挑水，跟我妈妈结了婚。他结婚的时候已经六十几了，他在河南老家有一个没有成亲的媳妇，他说，不能对不起那个女孩，就一直等一直等——"

（许多人在漫长的等待里修一条漫长的路，一条贯穿岛屿东部与西部的路，一条在群山环抱中像一条银白的蛇在窜动的路。他们修路、等待，修路、等待。路要修到哪里去呢？路要修到天上吗？还是路要修到来世？他们最后一个一个变成了路边的坟墓。）

富美流下了眼泪，男子紧紧抱着她。

"一个男人等一个女人，等了四十年，算不算伟大的爱情呢？"

富美问。

男子没有回答。

"我的妈妈是富士村的太鲁阁人，她在西宝小学读书就认识了我爸，一个河南人，叫作李梅花——"富美擤了一把鼻涕，"李梅花，很好笑，不是吗？"

"西宝小学的太鲁阁族女孩每天都帮李伯伯种菜、锄草、施肥，坐在田陇边吃李伯伯煮的打卤面。

"毕业以后，这个太鲁阁族小女孩已经十五岁了，要被送到都市做女工，但是她不肯，坚持要上山帮西宝的李伯伯种菜。

"后来，这个伯伯知道在河南老家的女人早已死了，他大哭了一场，太鲁阁族的女孩十八岁了，每天上山帮忙种菜，她抱着哭倒在地的伯伯说：'李伯伯，李伯伯，我们结婚吧！你还有我——'"

（男子抱着富美，沉默着，轻轻亲吻着她的胸口、她的手、她的脸颊、她的额头。他觉得富美身体里有什么声音：哭泣的声音，修路的声音，种菜的声音，或者漫长等待的声音。）

"所以，我老爸在六十岁的时候娶了我十八岁的妈妈，生了我，我生在西宝，生在一个番茄田旁边的木造房子里，爸爸说河南家乡那个女子，等他等到死掉的女子叫'富美'，他就给我取名叫富美，用别人的名字，很没有创意，对不对？"

"很没有创意——"

男子想不起来为什么跟富美分手了。没有战争，没有灾难，也不是什么生离死别，但是他们分手了。

他在 *E-mail* 给富美的最后一封信上说：

富美，我想我必须离开了。

谢谢你在这几个月照顾我，教给我很多我原来不会的事。

你很有"创意"！

我只是短期打工，很快兵单就要来了，我赶在当兵前出去走走。

大概去太鲁阁吧，去你说的"西宝"看一看。

我上网查了一下，那边住户很少，却有一所小学，也叫西宝小学。

西宝小学的建筑看起来很特别，网络上说是配合自然的"绿建筑"，我把图片发给你，有没有比你们大楼建筑的设计酷！

我不知道会不会在西宝遇到你的妈妈，你说她还守着你爸爸留下的那块番茄田。

不知道为什么，我迫不及待，想去看一看西宝，也想去走一走你爸爸修的那条路。

（男子躺在番茄田里，做了一个奇怪的梦。梦到自己拿着十字镐，拼命在挖一块地。那地里挖出一块一块的石头，石头崩坍了，路也崩坍了，他还在继续挖。他想：这样挖下去不是把自己站的地方都挖完了吗？但是，路是一定要挖下去的。这条路要修到天上去，这条路要修到来世！路终于挖完了，他随着崩坍的石头一起坠落、坠落……）

　　他醒来时发现一颗熟透的番茄坠落在他胸口，一个妇人站在田边看他，说："做梦了啊——我听到你在叫'富美'！"

　　男子羞赧地一笑，捡起番茄，背了行囊就继续他的行程了！

　　　　　原载于二〇〇七年一月号《联合文学》第二六七期

少年。鹿港

本是群鹿奔跑之地，

一度航运市况繁盛，

天后宫、龙山寺、意楼、

九曲巷、凤眼糕……铭志年轻盛放，

谁说港口老败，其实青春恒在。

摄影／钟永和

甲必丹转动着手中的镀金望远镜，慢慢调转焦距，他轻轻叫着："我的上帝——"

他无法相信，一群一群褐黄的鹿在树林间穿梭奔跑着。

早期移民的船舶在艰难的渡海之后，在这里找到了可以停泊的港湾。

移民中绝大部分是低阶层的劳工，或在家乡无法生存的农民。

他们决定飘洋过海，乘一叶小舟，航行向不可知的未来世界。

那个传说中的富裕且美丽的岛屿，遥不可及，完全像民间神话故事里虚无缥缈坐落在海上霞光里的仙山。

梦想使人冒险，梦想使一群在饥饿或陷于灾难中的人忽然有了出走的浪漫念头。

（浪漫吗？或许不是！十七世纪从遥远的欧罗巴航行而来的荷兰人，闪着像波斯猫一样深邃诡邪的蓝宝石的眼睛。那蓝色透明的光里，就有着些许梦想与浪漫——）

浪漫是欧罗巴语言中"罗曼史"的汉译，对大部分这个港湾最初的穷苦卑贱如奴工的汉族移民而言，浪漫两个字是他们贫乏生活中不曾存在的词汇。

他们从船舱中钻出来，像黝黑肮脏的土拨鼠。拨着，拨着，土掉得满头满脸。黄黄灰灰的土，使他们与皮肤白而洁净的欧罗巴人看起来如此不一样。

欧罗巴人又有在阳光下闪着赤铜或黄金颜色的头发、胡须。连眉毛和眼睫毛都发着亮光，神气活现，相较之下，灰灰黄黄的从舱板深幽的黑洞钻出的这一群移民，实在太不起眼了。

当地的部族是看过欧罗巴来的船队的，头上戴着蓝色镶金边绣线扁帽，帽缘插着白羽毛的"甲必丹"船长，把长长的小腿绑得细细的，蓝色镶金边的夹克袖口露出一截净白净白的棉纱内衣的蕾丝边袖子。

连大山蕃社里的头目都赶来港边观看，他暗示部落的成员自己负有监督与防守的领袖的职责，但是，部落成员都发现头目这一天有一点神色仓皇，他瞥见欧罗巴来的"甲必丹"头上轻盈飞扬的白色羽毛，开始认真思考起自己头上插的一只兀鹰的尾羽为何如此呆笨没有飘逸之感，而且，连颜色的灰黄也大不如白色那么耀眼。

白色逐渐取代了灰黄的价值吗？

那倒未必！

白色明亮、洁净、高雅、纯粹，在第一眼的印象里，白色总是最抢眼的色彩。

但是，灰黄有一种介于存在与不存在的暧昧。像泥滩里的蚂蝗，陷在灰灰黄黄的泥淖中，你踩它、压它、打它，打得扁扁的，看起来已经完全没有生命的迹象，但是，你一离开，那灰灰黄黄扁扁的看来不存在的东西就开始蠕动了。

它又活了过来，在灰灰黄黄的泥淖中钻动，遇到一头鹿，或一个人，就贴上去，不知不觉，吸着血，吸饱了，掉回泥淖里，交配、繁殖，生产出更多灰灰黄黄的东西。

头上飘扬着白色鸵鸟羽毛的甲必丹，闪亮着蓝色的波斯猫的眼睛，他的眼睛注视着蕃社头目头上灰黄的兀鹰尾羽，但没有发现港湾泥滩四周一个一个从船舱中钻出来的另一种移民灰灰黄黄的身体。

原来应该是黑色，可是因为沾满了泥土，变得灰灰黄黄的头发。

原来是蓝色，可是脏、旧，没有洗涤，变得灰灰黄黄的棉布裤子或上衣。

原来应该是明亮的褐黑色，可是受了太多惊恐与灾难之后，变得灰灰黄黄的眼瞳。

"怎么会有这么灰灰黄黄的一种生物！"欧罗巴的甲必丹船长鄙夷地这样想。

但是，他没有想太久，比较起来，他更大的兴趣在于远处跑来跑去褐黄色的另一种动物——鹿。

甲必丹转动着手中的镀金望远镜，慢慢调转焦距，他轻轻叫着："我的上帝——"

他无法相信，一群一群褐黄的鹿在树林间穿梭奔跑着。

小小的初生不久的鹿崽，围在母亲四周，惊慌地四处张望，小小的蹄子一蹬一蹬，跟随着队伍前端有着明显高耸鹿角的巨大公鹿。

望远镜圆形的画面中使他联想起传说中宗教最初的伊甸园。

"应该是同样美丽且富裕的乐园吧——"

那些奔跑着无数驯鹿的港湾，因为移民日渐增多，也因为他们对鹿皮大量的予取予求（据说曾经每天有数千张鹿皮被成捆上船运走的壮观纪录），大家自然就把港湾叫作"鹿的港湾"。

曾经在欧罗巴的森林里陪伴侯爵打猎的甲必丹，也不曾看过这么多的鹿，使他在陶醉于财富的同时，一不小心，以为那钻动在灰黄土地上的灰黄的移民，也是另一群形色不甚漂亮的鹿群。

他们当然不是鹿！

当甲必丹用手指着那一片令他联想到伊甸园的山川，大声叫出"福尔摩沙"时，那些灰黄的生命，误以为是甲必丹下达逮捕或屠杀的口令，便一瞬间消失，钻进船舱的钻进船舱，或匍匐在灰黄泥淖中，如假死的蚂蝗一般，销声匿迹，一时没有了踪影。

（所以"福尔摩沙"竟是一个荣耀的词汇吗？或者，"福尔摩沙"只是欧罗巴下达掠夺与屠杀的口令的序幕？）

有一天，把"福尔摩沙"当作扬扬得意的赞美来夸耀的我，或许已经遗忘了我自己身上那个久远以来一直存在、至今也未曾消失的灰黄灰黄的基因吧。

"伟大的'福尔摩沙'！"我像诗人一般歌咏我居住的岛屿，却不知道为什么觉得莫名地酸辛，泪泪流下了热泪。

比起很低卑很低卑的生存，"爱"这个字其实非常虚假。

甲必丹非常清楚告诉自己祈祷日课中每天念诵的"爱你的邻人"这句基督训示多么不可相信。

他相信手中握着的火药枪管一旦失落，那些灰黄的东西就会用石头砸烂他的头颅，抢夺他帽子上的白色羽毛，剥光他的蓝色制服、白棉内衣、他紧紧的绑腿，以及那一双净亮的黑麂皮鞋子。

是的，那些灰黄的东西，当然不会相信什么"爱你的邻人"的他妈的基督训示，他们也不会相信他们文化中的孔夫子说的什么"仁义"，或妈祖的"慈悲"。

（只要有机会，他们会尽全力自相残杀！）

这一点，甲必丹非常清楚，而且变成他处理蕃社与汉移民的一种阴险的权谋。

他逐渐发现他可以把火药交给蕃社头目，用来换取六千头鹿的鹿皮；正当头目准备用这些火药消灭那些灰黄的移民时，甲必丹又交了一批火药给这些灰黄的移民，换取了八千张剥好的鹿皮，以及两百麻袋的稻谷。

甲必丹发现：邻人在这个岛屿相互屠杀是长久的宿命。

"神的诅咒——"甲必丹摇摇头，叹了一口气。

但他没有悲悯！

他最近的权谋是发现灰黄的移民中有一小撮不来自泉州的移民，他们被称为"漳州人"。

一小撮"漳州人"，生存艰难，他们占不到好的沃土，常常在稻谷刚收割完就被抢劫，被杀死了半数的人，房屋被放火烧，财物被抢劫一空，"漳州人"都知道是"泉州人"干的好事。

他们在一起的时候，都是灰黄灰黄的，不容易分出差别。

但是甲必丹发现了，他逐渐让这些一大团的灰黄中有了不同层次的灰黄。

"卖他们火药，可以赚到鹿皮、稻谷，也可以让他们自相残杀！"

（最重要的是让他们自相残杀，整个欧罗巴的王室都知道，亚洲大得像一头巨象，吞不下去，只有让他们自相残杀！）

漳州人和泉州人开始械斗，用从欧罗巴甲必丹那里换来的火药，轰垮了对方的土墙。

在毁圮的灰黄色的土墙瓦砾之间，躺着缺腿缺手，哀号着的灰黄色的动物。

欧罗巴甲必丹给的火药质量低劣，里面填塞了许多无用的废土和麻布屑，因此，爆炸时威力不大，敌人只是炸断了手脚，或伤到眼睛，脸上留下一块烂疤，一只眼睛再也看不见天日。

火药在不同的土墙间偷偷被传递，泉州人的火药，漳州人的火药，后来欧罗巴甲必丹也发现了一种叫"客家"的移民，也是灰黄的人种，他们也密谋着用火药偷袭泉州和漳州来的这些"福佬人"。

当地部落的头目早已失势了，他们头脑单纯，很早就在争夺的权谋中失去了竞争力，逐渐从富裕的港湾退走，被一步一步驱赶到深山靠狩猎为生。

（你应该怨怪谁呢？岛屿的生存法则其实是赤裸裸的弱肉强食！）

当一名英挺的少年站立在港湾边眺望着海洋时，空气里弥漫着蚵田中骚动不安的新鲜的腥气，是一种生命过度生猛强烈的气息。

欧罗巴的甲必丹被南中国海的一支舰队击败，签订条约之后，整批人退回到印度支那半岛。

许多从灰黄中洗涤出蓝色布纹的年轻男子站在码头上，看甲必丹退走时头上的白色羽毛，仍然那么意气风发地飞扬着。

一名女子偷偷躲在木桩后轻声低泣，她望着退走的船只上一名红毛的水手，他似乎也在众多码头上的人群中寻找什么。

许多年后，那女子都忘不掉红毛水手焦虑无奈又充满眷恋的眼神。

在偷袭、诡诈、屠杀与抢掠的历史中，也有一名灰黄的妇人偷偷爱恋了远洋来的异乡的红毛水手，怀下了那个异乡人的孩子。

妇人含着邻人的窃窃私语，生下一名男婴，她望着啼哭时婴儿十分丑陋的脸，却一心一意相信这男婴将英挺地站在码头上听母亲讲述父亲的故事。

原载于二〇〇七年二月号《联合文学》第二六八期

少年 。东埔

摄影／梁鸿业

温泉蒸汽与高山岚雾，
迷蒙交织如谜，游人纷至沓来；
苍苔青青，八通关古道被时间的
迷雾截断；若要往台湾的最高处，
登山起点在此。

他想起了遗留在刮胡刀上的一点毛发的残屑，那里面据说有隐秘的人的基因，有子孙和先祖永远切不断的血缘的联系。

他好像从很长的睡眠中醒来，看着车窗外一片一片慢慢逝去的风景，那些树，和阳光一起在风中摇曳的叶子，那些灰灰的房舍，墙上贴着花花绿绿的各式招牌，那些骑摩托车或行走的路人，那些蜷窝在街角的流浪狗，或者忽然不经意看到的飞上天空去的一只鸽子……

他无意一定要看什么，只是漫无目的，也漫不经心地浏览。

车窗，像一个计算机窗口。他的眼球，像是自动感应的鼠标，点选着自动播放的画面，车窗里就流动着不同的影像……

很真实的影像，但似乎都与他无关。

他摇晃一下头脑，觉得那些影像，出现、消逝，都没有停留容纳在头脑里。那些影像只是在窗口上流过，这么多影像，影像与影像之间，没有必然的逻辑关系，它们只是在形成，然后就彻底消失了。

"我们以为会留住什么，其实不会，什么也不会留下！"他和那个法国女友分手时这样说。

法国女友叫路易丝，褐色的短发，灰蓝色的眼睛，薄嘴唇，穿着一双德国拖鞋，围一条印度尼西亚蜡染的花布裙，在城市街口最热闹的地方，推一个小车，卖法国的卷饼。

"Crêpe——"路易丝把饼递给他，并且噘起嘴唇，教他法语"卷饼"的发音，念到结尾 pe 的音时，就翘起薄薄的嘴唇。

他笑了，故意逗弄路易丝说："你发音的样子好像要接吻！"

路易丝没有生气，便吻了他脸颊一下。

他很好奇，路易丝是他第一个西洋女友。他好奇她的肤色，她的褐黄带麦金色的发丝，她腋下和阴部的比较深色的毛发。他好奇，不知道为什么对一个不同种族的女人有这么多好奇。

他觉得有些抱歉，对路易丝说："我们分手吧！我以为是爱你，可是我发现只是因为好奇！因为好奇，很难长久；因为好奇，一刹那就消逝了！"

路易丝哭了，但她没有说什么，坐在他的床上，两手环抱着自己，看着他桌上的计算机，窗口里自动跑着一些欧洲名模的展演秀照片，穿着礼服的，穿着上班制服的，穿着泳衣的，穿着休闲服或内衣浴袍的……不同的欧洲女人，一个一个走过，很做作地摆出姿态。

"你现在不觉得我念 *Crêpe* 的时候，那个 *pe* 的发音像接吻了吗？"

路易丝噘起嘴唇，发了一个 *pe* 的音，自己做了一个鬼脸，破涕而笑。

他有点心动，过去抱了路易丝一下。

他觉得自己不负责任，可以为一个法国女人翘起嘴唇的发音而疯狂恋爱起来，当然这样的恋爱也跟法国卷饼一样脆而薄，难以持久。

是为了路易丝的离去而来东埔的吗？

他看着车窗外逐渐改变的风景，车子盘旋在山路上，逐渐看到山脚下的城市慢慢远了，路的两边多了槟榔树，小畦的茶田，一些独立在田地台地间的斜屋顶民居。

他把原来抱在身上的背包放在两腿之间，泛白的旧牛仔裤膝盖处磨破了一个裂口，他抽起破口边缘一丝一丝的白色粗纤维，裂口撑开，露出他黝黑的皮肤，皮肤上粗粗的体毛。

从十三岁开始，他快速发育的身体常常渴望女人的肉体，一种朦胧模糊却又异常巨大强烈的欲望，好像在自己身体的每一个细胞里鼓动，一种胀大的欲望，一种充满的欲望，一种喷射与倾泻的欲望。

欲望像慢慢煎熬的火，使他全身炙热，然而四周的环境却禁制这一切的表露。

他在晚餐桌上面对着寡居多年的母亲，母亲白净的脸上有一丝不悦，母亲端着饭碗，却直瞪瞪地看着他。

母亲从不避忌这样凝视他，仿佛要检查他内在每一个角落的隐私。

他假装快速地刨着饭菜，希望借此逃避母亲的视线。

饭和菜都没有气味。奇怪，多年来，母亲的寡居，使家里的饭失去了米的气味，鱼、虾没有腥味，肉类也没有弹性，每一片菜叶都像一张一张空白的纸。

他害怕那没有气味的房间，他常常逃出去，奔跑在山里，闻到狗的粪便、鸡的粪便、鸭的粪便，闻到在泥土里腐烂叶子的气味，闻到整个山谷里溪流阴暗潮湿的气味、青草的气味、死蛇的气味，那些气味仿佛使他苏醒了过来。

他有一次匍匐在路易丝的下体，闻到溪谷里的阴湿，他深深吸一口气，仿佛要从那阴湿的气味里取得某一种生命的元素，使他可以面对母亲冷冷的视线。

但是，他躲避不开，母亲的视线像毫不妥协的锐利的箭，笔直射来，不容有一点躲闪。

母亲说："怎么胡子都不刮？"

　　他吃了一惊，放下碗，下意识用手摸了一摸，嘴唇上一排硬硬刺刺却又柔顺的髭须，下巴处也有，甚至蔓延到下颌、两腮、鬓角，还有胸口。

　　他脸涨得通红，仿佛最隐私的秘密被母亲窥探到了，他忽然想起私自洗浴时看到自己腋下的毛、下体的毛，有一种恐惧，他想，母亲是否什么都看到了？

　　那天晚餐后，母亲交给他一个陈旧的黑色盒子，他打开看，是一支刮胡刀，黑色的圆柄，可以旋扭开，下面是不锈钢的刀片夹。

　　"这是你父亲以前用的刮胡刀，十六年来没有人用，可是我保存得很新。"母亲说。

　　他坐在浴缸旁，白色的浴缸，白色的马赛克瓷砖，白色的日光灯，白色的镜子，他手里拿着一支刮胡刀，一支父亲用过的刮胡刀，他试了一试，把肚脐以下新生出来不久的一片黑毛刮出一道白痕，他又试了一下大腿内侧，又在浓密的体毛中刮出一道白痕。

　　他看着自己初初发育的肉体，好像一个鼓胀的皮球，他想，我要刮去所有的体毛吗？

　　路易丝说他的体毛很好看，摸起来很舒服，闻起来像阳光下的麦草，他跟路易丝去了岛屿南端的海边，他们做爱，做爱完路易丝睡熟了，他悄悄起来，找到旅行袋中那一个装刮胡刀的黑盒子，走到外面，听到大海的涛声，好像正是涨潮到了最高，就要开始退潮了，他使劲用全力把黑盒子远远抛出去，一个小小的黑点，一点声响都没有，很快就被大海吞没了。

他离开了路易丝，也许他想离开另一个母亲，他想留下不刮的胡子，独自到一处高山之地。

"这就是我来东埔的原因吗？"

他走在山路上，远远可以看见沙里仙溪在山谷里潺潺流去。

有一些登山的队伍和他擦肩而过，彼此打了招呼，但都不多言语，他觉得登山的人有一种山里岩石的沉默，放下背包，靠着背包一坐就不动了，真像一块岩石。

登山的向导是一个姓伍的少年，十八九岁，一脸络腮胡，浓浓的毛发里流动着一双闪亮着喜悦的眼睛。

"我叫小伍——"他伸出手。

"我姓王——"他握到一只也如同岩石一样硬实的手掌。

"来登山吗？"小伍问。

"不，随便走走——"

他们彼此望着，有一点讶异，首先是他们的胡须太像了，都是年轻人，却有着这样浓密的胡须。

"你几岁？"小伍又问。

"刚满二十岁。"

"我十九！"小伍高兴地回答，但似乎两个人都弄不清楚为什么高兴。

"你不觉得你跟我长得很像？"小伍终于忍不住直接地说。

他笑了，在一圈髭须间笑出红红的唇和白白的牙齿。

"我看不到我自己！"他还是忍不住笑。

小伍也笑了，他越来越觉得像是早上起来照镜子，他说："可是我看得到你啊！"

山谷里有回音，一个句子的最后几个音在四处回荡，"——看得到你啊——""看得到你啊——"

小伍追问了很多问题，诸如："你是布农族吗？"

"你爸爸有少数民族血统吗？"

"妈妈呢？是不是东埔人？"

许多他在城市里觉得不应该和初次见面的人谈的问题，小伍都毫不忌讳地一一追问。

"我不知道——"他想了一想，"妈妈说，我一出生，父亲就去世了，我没有见过他——"

"你看过他的照片吗？也有这么多毛？"小伍还是很好奇。

他摇摇头，他从来没有看过父亲的照片，连父亲跟母亲在一起的照片也没有，连他们的结婚照也没有。

（他忽然想起那个抛向大海的黑色盒子，里面躺着一支父亲用过的刮胡刀，或许，那上面有一点父亲残留的毛发吧，那是我唯一与父亲的联系吗？我竟把它给丢掉了！）

"这条路是很古老的一条路。"小伍指给他看。

"八通关古道？"他在网络上看到这个名称。

"是，很早很早以前，人们就从这里登上岛屿最高的山——"小伍说。

（他们是猎人的后裔，在这里制造石斧。把尖锐的石头磨成石镞，用来射猎山里的野猪、黑熊、飞鼠……）

"有云豹吗？"他问。

"那是很久很久以前的传说了。"

小伍说："他们很久不打猎了，猎人变成了农民，种植小米。"

（小米丰收的时候，他们手牵着手，围在小米四周唱歌。）

"你会八部合音？"他问。

"会，我从小参加祭典——"小伍很高兴，哼了几个音，几个音就在山的四处回响起来。

（他好像想起了什么，想起了遗留在刮胡刀上的一点毛发的残屑，那里面据说有隐秘的人的基因，有子孙和先祖永远切不断的联系。）

但是这样在四山响起的旋律也仿佛是另一种基音，他忽然觉得好熟悉，有什么朦胧模糊却又巨大强烈的东西在他身体内鼓胀。

"啊——你也会唱？"小伍惊讶地说。

他摇摇头，泪水充满了眼眶，他不知道说什么，他会唱吗？还是不会唱？

（这个他妈的叫"东埔"的地方，我到底与你有什么关系！）

他背起背包在山里快步走去，好像想甩脱什么纠缠着他的鬼魅。

他越走越快，溪谷里的水声哗哗不断，加上黄昏的山风，响成一种奇异的合音，一种泛音半音阶的合唱，那像是从外面又像是从心里响起的声音。

他有些昏眩，发现自己站立在一处陡峻的悬崖峭壁前，一失足可能粉身碎骨，然而有一双坚定的手臂紧紧抓住他，他回头一看是小伍，一张和自己一模一样的满是胡须的脸。

"小伍——"他还是觉得昏眩，不知道自己怎么走到这条路上。

"这是父子断崖——"小伍说，"太危险的峭壁，父子也不能相救，所以叫父子断崖。"

他看到不远的山坡上有一些罹难者的纪念碑，标记着不同的年月，他很仔细地看，仿佛那里面记注着自己的生死一样。

"过了这里，就上玉山了！"小伍说，"在这里过一夜，明天一早带你去看日出。"

他忽然想起应该带着那盒子里的刮胡刀一起跟小伍去看日出。

原载于二〇〇七年三月号《联合文学》第二六九期

少年．古坑

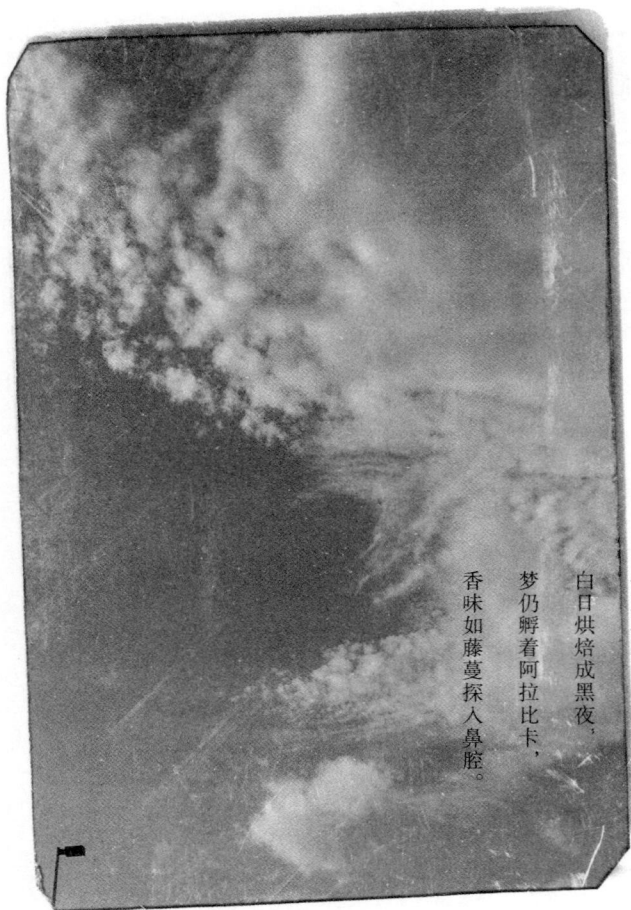

平原往樟树竹林那头，

大山如巨兽弓起背脊，

一双不眠的咖啡豆，

白日烘焙成黑夜，

梦仍孵着阿拉比卡，

香味如藤蔓探入鼻腔。

摄影／钟永和

在山坡上快速奔跑，多年来，成为她从学校回家的路途中最快乐的玩耍。

学校就建在山坡上，往上看可以看到巨大的樟树林，树林后面再往上，还有继续隆起的大山。大山蹲踞着，像一只沉睡着的巨兽，拱起高高的背脊。

有时候，她从教室的窗户望出来——她被老师命令趴在课桌上，这是中午的午休时间，每一个学生都必须遵守规定，一动不动，匍匐着，即使睡不着，也要假寐一小时——她因此趴在桌上，脸贴着桌面，乜斜着眼睛，仰望窗户外面那大山拱起的背脊。

看着看着，她感觉到那背脊在呼吸，起起伏伏，很缓慢的呼吸，好像要从沉睡中醒来了。她惊慌起来，感觉到地在动，整个教室摇晃起来，她大叫："怪兽醒来了，快逃命啊——"

那是一次大地震，据说邻近的城市死了不少人，坍塌了很多房子，可是古坑还好。

"古坑还好——"阿伯劈着竹子，慢悠悠地说，"古坑人少，房子倒了，压不了几个人。"

所以古坑的人不怕地震，她从小听到这奇怪的结论，似懂非懂，也不关心。她只是十分怀念那一次怪兽背脊起伏的画面，她在美术课上用蜡笔画了学校前面一座大山。大山是一只卧着的兽，有点像水牛，长着山羌头上短短的角，还有穿山甲一片一片厚厚的鳞片，她画着画着，那怪兽转过来看她，她心里一慌，涂错了颜色，很懊恼，整张画就留下了一块怪怪的颜色。这是美术课作业，她交给老师，下一周发回来，老师用红笔批了一个大大的丙，还加上两个字：草率！

她不在乎！

她把那张画放进书包，把书包斜挂在肩上，书包的帆布带有三指宽，勒在她的胸前，恰恰好在两只刚刚发育的乳房之间。当她在山坡上奔跑时，布袋粗硬的纤维就磨着磨着，好像要陷进肉里去。

"幸子，等我——"她的弟弟茂雄也下课了，看见她，便大声叫。

她头也没有回，加速度向前冲，一瞬间就蹿进山坡不远处的树林间。在幽密的林间小径跑了一会儿，确定弟弟追不上了，才停下来，靠在一株榕树干上听自己的"怦怦"心跳。

榕树一丝一丝的长长须根拂在她脸上，她故意用脸颊去触碰这些须，好像在跟老朋友亲昵玩耍。

有一群虻虫围着她，嗡嗡嗡的，很吵。她干脆爬上树。榕树多横枝，很好爬，对幸子而言，连笔直的槟榔树也难不倒她。她身体轻，四肢长，三手两脚就攀上槟榔树的顶端，摘着槟榔往下丢，打到茂雄的头，茂雄爬不上来，又挨了打，哇哇地哭。

幸子高兴得意地笑了，表演特技，一只手勾住树干，像体操选手，双脚并拢平伸，并且大叫："茂雄，你看，我要飞了——"

茂雄抬头看，吓得忘了哭，呆呆睁着大眼睛。

她讨厌茂雄老跟着她，拖着两条黄黄脏脏的鼻涕，动不动就哭。

她喜欢一个人爬上树，特别是榕树，榕树不但横枝很多，也够粗壮，可以整个人躺在枝丫上，树叶又够浓密，躺在那里，静静不动，听蝉的叫声，听鸟的叫声，听树叶间的风声，听山坡上哗哗跑过一群下课的小学生，或汪汪跑过一只野狗，有时候远远听到茂雄叫"幸子——幸子——"声音越来越近，最后就停在榕树下，茂雄似乎知道她就在树上，但是她的身体被密密的树干和树叶隐藏得很好，茂雄找不到她，仍然"幸子——幸子——"，声音又越叫越远去了。

这是她一个人的世界，学校教地理的老师拿着一个圆圆的地球仪，告诉她们："这是美国——""这是俄国——""这里是南美洲——"

"世界很大，你们将来要走出古坑，去看外面的世界。"老师说。

但是幸子的世界就是这一棵巨大的榕树，这一个放学后可以不回家的午后，蝉一直叫，她睡着了，做了一个悠长的梦。

蝴蝶一群一群飞来，紫蓝色的翅翼，洒着金色的小点，像夏天夜晚的星空。

蝴蝶越聚越多，围绕在幸子四周，仿佛同她玩耍。她闭着眼睛，感觉到蝴蝶扇起的风，仿佛她自己扇动的睫毛，有一点痒。她笑起来，笑声像山涧里长长的溪流，流到很远很远。

大伯说那个很远的地方要坐火车去，她没有看过真正的火车，在书本上火车看起来像一个长长的黑色盒子。

蝴蝶就密密聚集成一条长长的黑盒子，翅膀依靠着翅膀，轻轻扇着风，托着她的身体。

于是，幸子飞起来了，飞到和天空的云一样的高度，云像一朵白白大大的棉花糖。幸子伸出舌头舔了一下，甜甜的。云却没有变小，忽然变成披头散发的女巫，长长尖尖的鼻子，一顶黑帽子底下露着稻草梗一样的头发，骑着一把扫帚，来来回回地飞。

幸子知道是来找她的女巫，是茂雄派来找她的。她一潜身隐藏在蝴蝶中，蝴蝶就覆盖在她上面。女巫找不到，她有一点紧张，又有一点开心。她想，要隐藏得更好一点——

左顾右盼，她找到了密密的一群蝉声，叫得密不透风。她想，躲藏在蝉的叫声里，也许是更好的办法。她就"咻""咻"两声使自己变成一种声音，夹杂在亢奋的蝉声里。女巫完全看不见她了。

变成一种声音，不再被他人发现的声音，她像一枚硬果壳里的种子，很确定自己存在，但是其他人是不知道的，茂雄找不到她，老师也找不到她。

大伯常常切开一枚干核果，给幸子看里面蜷缩的果仁，"就像一个胎儿，躺在阿母的肚子里，被保护得很好——"大伯说。

大伯每天劈着竹子，把竹皮片成一条一条细丝，用来编织各式各样的用具：装筷子的竹篓，盛食物的篮子，筛米的箩，刷碗锅的刷子，也编成夏天睡起来冰冰凉的竹席。

"大伯，谁教你的啊！编得真好看。"幸子看着各式各样的花纹，赞叹地说，她觉得大伯是世界上最让她敬佩的人。

大伯笑呵呵的："谁教的啊——没有人教啊，是天上神仙教的，看到没有？"

大伯指着天上一朵云，笑呵呵地回答幸子。

幸子很高兴，她完全相信大伯的话，因为学校的老师也无法教她什么，只会在她的画图纸上用红笔批一个大大的丙。

"为什么要去学校读书，学校老师笨死了，什么也不会教，我跟大伯学编竹篓，好不好？"幸子缠着大伯撒娇。

大伯呵呵笑，手上的竹丝没有停，用眼睛瞅着幸子："你们要走出去的，坐火车，到很远的地方，到繁华热闹的都市，去赚大钱，做大事，这个小小的乡村，留不住你们——"

就是那一次，幸子知道出去外面要坐火车，一种很长很长的黑色盒子，可以把人带到很远很远的地方去。

"我不想出去，我跟大伯学编竹篓——"

她有一些感伤，趴在大伯的腿上，听竹丝缠绕的声音，眼皮沉重起来，睡着了。

如果可以睡很久很久，醒来发现大山不见了，怪兽醒了，离开了古坑。古坑变了，古坑砍了很多树，山坡上开发成一片一片种咖啡的田畴，连吹过来的风都有咖啡的气味，那时，她是不是已经不再是初初发育的少女了？

蝴蝶托着她的身体缓缓上升的梦，一直停留在脑海里，她在一次美术课中又画了这样一张画，成千上万的蝴蝶，托着一个少女的身体，飘到云端，少女脸上有喜悦的微笑，正和旁边飘浮的云打招呼。

她的这张画又被美术老师批了一个丙。

她下课以后跑得更猛，脱掉鞋子，赤着脚跑，踩到碎石子，踩到尖刺的荆棘，踩到咬人猫，沾上叶片上的毒液，小腿红肿了一片，又痛又痒，她吐一口唾液，揉揉搓搓，把鞋子绑在颈子上，又继续跑。

她感觉到身体里有什么东西在变化，胸部老是胀胀的，有点肿痛，但又好像什么东西在饱满她的身体，觉得幸福。

学校早熟的男同学会看着她的胸部绷在制服底下，目不转睛，她回瞪一眼，男孩子腼腆，一溜烟跑掉了。

像茂雄一样的男孩子，瘦瘦长长的，没精打采，却总跟在身边绕来绕去。

"男孩子真烦——"她想。

她跑去找大伯的时候，大伯正躺在一株大榄仁树下面午睡。短裤下一双很壮实的毛毛腿。

大伯三十八岁，一直没有结婚，村落的邻居窃窃私语很多年，他还是没有结婚，窃窃私语逐渐安静下来，变成一个同情的语调："一个老头子，无妻无儿，可怜——"

她想不通，为什么三十八岁就是老头子了，父亲冷冷地回答："山仔坳里啊，不年轻就是老头子了——"

父亲好像看不起这个"大哥"，常常支使他工作，骂道："编那些竹篓、竹筛的，做什么用啊，不会去帮忙喂猪食吗？"

大伯一语不发，就去料理猪食了。

"大伯，你不老啊——"只有她亲近大伯，她说，"你是这个村里最不老的人——"

大伯偷偷笑了一下，看她一眼，好像他们彼此有私自的秘密，别人都不知道。

"我可能跟大伯结婚吗？"她小小的头脑里闪过这样一个念头，一个编着细竹席的男人和一个被蝴蝶托着飞起来的少女，一起坐在云端。

她从云端看下去，密密麻麻都是村民们的指指点点。还有那个臃肿肥胖的美术老师，拿着她的画给众人看，那画上用红笔批了大大一个丙，大家都嘲笑地拍手。她觉得震了一下，仿佛要从蝴蝶翅膀上跌落下来了，幸好有一只手紧紧握着她。是大伯，当然是大伯，这只手可以编一切美丽的东西，小时候编草蚱蜢给她玩，现在握着她的手，坐在高高的云端，不会被震耳欲聋的村民的窃窃私语干扰。他附在她的身边说："听蝉声，蝉声好听——"

她瞬间就变成了蝉声，躲在一大片蝉声中，没有人发现她，但她发现大伯也是一声蝉声，最高亢的那一声蝉，持续地叫唱着。

龙眼熟透的香味四处弥漫，风里面甜甜的，招来很多昆虫。蜘蛛结了丝网，她在网内攀爬，像马戏团的空中飞人，牵着一根丝，在空中荡来荡去。每一次飞出去，就有一双手抓住她，使她在身体向下坠落的时候又被拉了起来。她知道那是大伯的手，但她看不到大伯，大伯出走了。村民们沸沸腾腾，说他奸污了一头母羊，没有脸在村里待下去，因此趁着夜晚便溜到城市去了。

幸子坐在村子口哭了很久，她在一棵大龙眼树的枝丫上发现了一只编得极精巧的小篮子，小篮子上全是手工编出来的蝴蝶的花纹，她知道，这是大伯给她最后的礼物。

"大伯不会再回来了，他坐火车去了很远的地方，那个我长大也要去的地方——"

幸子藏着那一只篮子，一直到她去都市读高中的时候，篮子上的蝴蝶像欢呼一样，每一扇翅膀都在颤动，于是她第一次听到了火车长长鸣叫的声音，车轮摩擦铁轨的声音，窗外的风景奔驰了起来。

原载于二〇〇七年四月号《联合文学》第二七〇期

少年。笨港

摄影／翁翁

荷兰人绘制的古地图写着「Pon-Kan」，

浮现于信徒心中，名字叫「妈祖」，

心灵往同一个圆心朝拜，

天空的表情慈祥。

十七世纪，台湾岛西面沿海出现了很多来自欧罗巴洲的大船。

通常好奇跑到海边去张望探听的都还不是汉人。"汉人那时候迁来的还很少。"阿丰师这样解释。

他说："那时候这条溪的两边住着一些番仔——"（通常阿丰师的语言中也没有"少数民族"这些文绉绉的词汇。）

"番仔就番仔——干！"阿丰师向地上吐一口痰，"什么'少数民族'，我拢听无——"

他继续解释，当时的"番仔"有一个"社"就叫"笨港"。

"Pon-Kan——"阿丰师觉得这样发音比较像他口中的"番仔"的发音。

"红毛的荷兰人也这样讲'Pon-Kan'，笨港，笨港——就变成'笨港'了啊——"阿丰师卷起裤腿，靠在一个石哑铃上，把嚼了很久的槟榔吐掉，地上一摊一摊与新红和旧红的血迹一样的槟榔渣的积垢。

阿丰师是北港庙埕一带最有名的武术馆中的练功师，从小跟着跑江湖卖药的老师父一个庙会一个庙会跑码头。在庙前演歌仔戏的戏台边画一个圈子，表演几套吸引人的武功把式，耍一套刀枪。趁着人潮多了，密密麻麻围了几圈，年少的徒弟阿民就一面反过铜锣求赏钱，一面把宣传了好一会儿的"运功散"推销到众人面前。

围观的民众通常分两种，一种人一见来要钱推销药了，立刻一哄而散，假装两袖清风地走掉。

还有一种是当地的少年人，十五岁上下，对江湖武术把式特别有兴趣，就站定不动，拿过"运功散"，翻来覆去仔细察看，并且印证阿民身上鼓鼓的肌肉，问道："确实有效？"

阿民当然猛点头："每天早晚都吃，吃了好力气，长好肉，练功气也顺！"

"确实有效？！"一个少年认真地询问。

那个少年特别清秀，一头乌黑乌黑的长发，齐耳根，刷梳整齐，细长的眉毛，黑白分明的眼睛，小巧的鼻子和嘴，像阿民看过的歌仔戏里女扮男装的小生，特别好看，好像兼具一种男性没有的妩媚和女性没有的英气。

"你笨港人？"阿民问。

少年还在细看运功散，看了阿民一眼，说："北港！"

"有在练功吗？"

"很想练，没有人教！"少年说。

阿民觉得少年的声音很特别，水水的，喉头发出的声音滑顺轻灵，不像发育的男子那种被喉结堵住的粗重沙哑的声音。

他又发现少年没有喉结，很优美而细长的颈项，细细的发丝也像少女。

阿民看别人看久了，有点失态，红了脸，心怦怦跳，但是跟师父跑江湖走庙会惯了，阿民每天跟三教九流的人打交道，自然不会透露自己的腼腆羞赧。他用力嚼了几口槟榔，假装没有在观察这清秀的少年，把运功散举得高高的，大声嚷嚷："最好的运功散，一吃有效，练得一身好功夫，保证强身——"

阿民跟几个黝黑粗壮的少年攀谈起来，一谈得高兴，脱了外衣，里面穿着红色线背心，露出一身结实肌肉。他一运气，胸肌鼓动起来，像两只活的兔子，上下蹿动，围观的群众不禁鼓掌叫好。

阿民还抓着一个少年的手说："碰碰看，你就知道力量。"

少年手掌按在阿民胸肌上，阿民再度用力吸气，胸肌鼓起来，少年咋舌，做了一个惊奇的表情。

阿民一眼瞥见那个清秀少年也在群众中，只是站得稍远。

阿民举起石哑铃，向上推举几下，肩膀和手臂的肌肉一块一块暴突起来。阿民涨红了脸，哑铃举到头顶，大家狂呼喝彩。阿民憋了一会儿气，大叫一声，把哑铃丢掷在地上。

哑铃"轰"的一声，砸在地上，不动了，庙前广场的土埕上却印下了一个深而安静的痕迹。

群众散去以后，阿民独自坐在哑铃的横杠上，觉得燠热，把练功裤的裤腰也向下卷，拿了两张旧报纸当扇子扇。

阿民剃着光头，青青的头皮，发根很粗，一粒一粒，摸起来像柚子的皮。

他有一道像武侠小说里形容的"剑眉"，很明显的单眼皮，丰厚的嘴唇，因为整天练功，来往的极多是贩夫走卒，阿民也养成大喇喇不羁的个性，但是，他的眉眼其实有一种俊帅之气。

他看到朝西边的落日渲染了一片金红色的光，听阿丰师父说：明朝天启元年，颜思齐就是从笨港溪入海的河口登陆，赶走了荷兰人，在溪的两旁建立了十个寨子，开始了汉人移民的垦荒历史。

老师父说："颜思齐其实就是海盗——"

阿民因此幻想起海盗的模样；头上包了布巾，一脸络腮胡，满脸横肉，或者只有一条手臂，或者只有一条腿，独臂的手上总离不了一管土枪，看到人就"乓""乓""乓"，一枪倒一个人。

阿民无法理解他脑海里的"海盗"可能是童年蹲在庙口看西洋或日本漫画里的印象，有时候断掉的手腕上还接了一支铁的弯钩，可以当作武器。

少年梦里的英雄就是漫画里的海盗。

"海盗把荷兰人赶走了，笨港变成了汉人垦荒的领土——"阿丰师这样说。

"荷兰人也是海盗啦——"庙口的欧吉桑指正阿丰师，"不是海盗跑这么远来干吗？"

阿民把装满铁沙的袋子绑在小腿上，他从小为了苦练轻功，一直有绑铁沙跑步的习惯，听人说，每天这样练，有一天解了沙袋，可以飞檐走壁，轻如飞燕。

阿民沿着新建好的河堤一路跑下去，河堤盖得高，跑在堤顶上可以眺看大溪，也可以看到新发展的市镇栉比鳞次的房屋屋顶。

"海盗的寨子不知道什么样子？"阿民一面跑一面这样想，有无限向往。

远远听到鞭炮声，很热闹地噼里啪啦乱响，也有唢呐声哇哇吹起来。

朝天宫的庙会又要开始了。阿民喜欢庙会，庙会像一种肉体里的欲望。他在举石哑铃的时候，那些暴戾的血管很像庙会的声音和气味：

硝烟和硫黄燃烧的气味，植物香末和金纸的气味，空气里有不断炸裂的声音。阿民举着石哑铃，觉得身上好多气味喷出来，像火山一样爆发，他喜爱那种热烈爆炸的气味。

阿民有一次参加过火，抬着神轿，赤脚踩踏过大约一百米长的烧红的炭。看不见火焰，有人在炭上撒盐，阿民听到各种乐器的声音，大鼓咚咚咚咚，小锣锵锵锵锵，唢呐叭叭叭叭，加上人声的喧哗，他觉得头晕目眩，可是扛在肩上的神轿是妈祖的神轿，他告诉自己，不可以有闪失，一有闪失，要触怒神明。

阿民随着乐声一前一后踩踏出步伐，他逐渐觉得是妈祖在引领他前行。

（妈祖梳着乌黑的头发，很优美的颈项。没有想到妈祖这么年轻！好像只是十五岁的少女，有细细的鬓角，眉眼都如此清秀，黑白分明的眼睛，细长的眉毛，小巧的鼻子和小巧的嘴。特别是声音，啊，有那么轻柔没有阻碍的声音。）

那声音说："阿民，没事了，慢慢走。"

阿民走在火热的炭上，旁边不断有人丢爆竹，有的就在阿民身上炸开。硝和硫黄的燃烧，使空气中有一种浓重的辛烈气味，令人兴奋又令人窒息的气味。

然而那轻细的声音在阿民耳边一再重复："阿民，没事！慢慢走！"

（神明的位置太高了，一个庙口低卑的年轻武师，不敢想象神明的长相与神明的表情。平常在朝天宫拜拜，他也不敢抬头正眼直视神明。神明总是在幽深阒暗的神龛里，头上戴着华贵的金冠，冠冕上还垂着一条一条的珠旒，像帘子一样，所以，从来看不清神明的脸——）

阿民觉得今天神明这么近，神明就在耳边说话，几乎贴着他的耳鬓，扶着他颤抖的手，轻轻拍着他的肩膊。他一身都被汗水弄湿了，粘着许多爆竹炸裂的红色纸屑，像血迹，也像槟榔汁。阿民口中也染着浓浓槟榔汁，像吐了血。

他觉得腾空在火焰上行走，火焰哔哔地响，并不烫，只是使他双脚着不了地。

神轿抖动得很凶，像惊涛骇浪上的小船，阿民想用力镇压住那抖动的力量，但是压制不住，反而不断被神轿的力量反弹起来。

他额头上冒出一粒一粒黄豆大的汗珠，红色的槟榔汁和口水一齐流下来，半闭着眼睛，旁观的人都窃窃私语："附身了，神灵附身了，你们看阿民——"

阿民听得很清楚，每一个旁观者的语句都清清楚楚。他甚至好像也在旁观，旁观自己的肉体在腾腾的热炭上好像舞蹈一样扭动、颤抖、癫狂。

"我的名字叫树璧，树璧，树璧——"

阿民随神轿的韵律起舞，他青瓜皮一样发亮的光头泛出奇怪的金色，脸孔的五官也改变着，不再是十五岁的练功师的刚猛憨直，忽然变得老成了，像是要开示佛法的高僧。

"树璧，树璧——"一位庙祝大叫，"树璧是带来开台妈祖像的大和尚啊——"

有信徒在热腾腾的灰道两边纷纷跪下，在硝烟中磕头，神轿几乎被浓烟遮蔽，地上堆积的爆竹纸屑淹没了足踝，又被风吹着在空中旋转。

（康熙三十三年，公元一六九四年，临济宗三十四世僧树璧奉妈祖像入笨港。一个庙里整理文史档案的义工赶来，翻出一段资料给围观人看。）

阿民其实已经完全瘫痪了。他的四肢像被线牵着，许多许多线，像玩偶戏的人系在傀儡上的线，一丝一丝；每根线牵动，他的身体也开始动，头、手、脚、脖子，甚至嘴巴开合。眼睛眨动，甚至胸口的呼吸，都是那些线，一一牵动——

"我是树璧——"

他最后一句话是向那清秀的少年说的，他看到那少年——脱去了衣服，脱到最后一件白色印着 CK 标识的内裤，阿民才发现少年不是男的，她的下阴干净而白，像夏天荷花还没有绽放的花苞。

"我是树璧——"阿民大叫。

"我知道——"全身赤裸的少女回眸笑了一笑，"你记得白牡丹那个娼妓吗？"

阿民仰头倒下去，众人惊呼，有人立即接住倾斜的神轿。阿民扑在炭火上，头脸一片灰黑，也即刻被四人抬起，高高腾扬在神轿之后，走完炭火，在人潮汹涌中进入朝天宫。

原载于二〇〇七年五月号《联合文学》第二七一期

少年。通霄

摄影／翁翁

太阳是有气息的，大海爱人也制造伤痛，
文学的隐喻夹杂死亡，
沐浴在太阳与大海中，冒险与幻梦，
都为了未来的新生。

　　夏天午后忽然有一团一团的乌黑黑的云从海面上汹涌而来，刹那间日头就被遮蔽了。起了大风，云团的速度很快，偶然从浓厚乌黑的云隙透出一线明亮阳光，不多久，又被更浓密的云团包围，终至天昏地暗。

　　天地之间好像发怒一样响起一声一声沉闷的雷声，接着就是唰唰的雨点，嗒嗒嗒嗒，打在晒得烫热的庙口石板上，石板腾起一阵冷雨激起的热扑扑的土气，阿玉嫂大嚷："落雨了！"抢先跑到庙埕广场收起晾晒的被单。

　　"好大的雨啊——"启生抬头仰面，让豆点大的雨打在脸上。雨点的重量很特别，不轻不重，打在额头上、两颊上，打在鼻尖上、唇上、下巴上，打在启生赤裸的肩膀上、胸膛上。

　　他故意提高胸膛，让雨点打的范围更大，痒痒的，一点点痛，启生觉得自己是一片广大的土地，像庙口后面新开出来的一片田，那么渴望天上的雨滴。

　　他闭着眼睛，听着大雨滴滴答答错落欢悦热闹的声音，在他全身各处响起。

　　阿玉嫂抱着一堆被单、衣服，匆匆冲进屋子的时候，午后的这场暴雨已经哗哗哗倾泻下来，好像憋了很久的积郁一刹时爆发，大声号啕起来。

　　阿玉嫂跨进门坎，觉得拥抱在胸腹间的被单、衣服上，都还留有阳光晒了一整天的余温。那暖热的温度渗透进她的身体里去，她深深吸一口气，好像渴望更多吸收一点阳光的气息。

"日头是有气息的——"

阿玉嫂很清楚感觉到太阳留在衣服上有一种辛烈的气味，像火焰的气味，像干燥的柴草的气味，像炉灶里炭煤燃烧后的气味，她深深地嗅着，仿佛想从那气味里得到养分。

"阿钦走了多少年了——"她无端想起丈夫，他们十七岁结了婚，是同村镇一起长大的。阿玉怀了孕，家人找到阿钦，骂了一顿，两家协商，就结了婚。在庙前广场办了桌，敲锣打鼓，阿钦被灌了酒，脸红红的，阿玉一直低着头，偶尔偷偷在众人喧哗里用眼角寻找着阿钦。

雨声打在屋檐上，啪啪啪啪，有一种惊心动魄的力量，好像要把人的五脏六腑都一起震碎了。

阿玉捂着嘴，使自己号啕的声音闷在鼻腔里，但是止不住的眼泪就像泄洪一样汹涌而下。

"阿钦是一个野少年郎，妻子怀了孕，也不知疼惜，还跑到海边戏水——"

阿玉觉得内脏碎成一片一片，但她听到有人在喋喋不休骂阿钦。

"阿钦仔——阿钦仔——"婆婆一声一声哭着，像歌仔戏里跪在舞台上的苦旦，拉长着尖尖的嗓音，肝肠寸断，地老天荒。

阿玉没有哭，她无法了解躺在草席下的身体和平日的阿钦有什么不一样。

她掀开草席，阿钦的脸白白的，嘴唇上有一排整齐的细细的少年的髭须。很黑而柔顺的头发下露着饱满而干净的额头。他的鼻子好像还在呼吸，他的丰润而红的嘴唇有一点深紫，好像在激烈的亲吻里被阿玉吸吮得发紫了。

"都是你，你看，嘴唇都吸紫了，脖子上也一块紫的——"阿钦在镜子前检查着，又嗔又喜地向阿玉抱怨。

阿玉躺在床上，抱着枕头笑，害羞而幸福地把脸埋进被窝里。

她想俯下身亲吻这嘴唇，这乌黑发紫的嘴唇，微微张开，好像在叫："阿玉，阿玉，亲吻我，亲吻我——"

她觉得阿钦紧紧抱着她，那么结实有力的十七岁的身体，那么烫热的身体，紧紧压着她，使她窒息，使她昏醉狂乱，使她的身体不可自制地颤抖起来。

她的唇吸吮到一片潮湿柔软的物体，像索乳的婴儿，她即刻紧紧吸住，再也不肯放松。

阿玉觉得天地一片空白，有什么东西在那空白中诞生了，一个游动的小小的黑点，带着金属般闪亮的光，越游越快，在她空白的身体里留下了一个慢慢变大膨胀的种子。

"启生——"阿玉向着大雨倾盆的户外叫了一声。

启生出生，刚好是阿钦溺毙的百日，阿玉在道士和尚的诵经声中痛得大哭大叫，她觉得是阿钦重来投胎了，在她体内这样翻腾捣蛋，这样折腾她，撕裂她，把她撑开，使她痛彻心扉。

"阿钦——阿钦——"她抓着床沿大声大声呼叫，她无法了解，阿钦是什么样的鬼怪妖魔，要在这一生如此折磨她。

她躺在床上，在一切巨大的空幻与绝望中，朦朦胧胧听到婴儿的啼哭，那么高昂，那么亮烈，像庙会时唢呐的声音，好像是巨大的欢喜，又是巨大的痛，她分不清了。有人把婴儿抱给她看，说："你看，你看，那么像阿钦！"

"不要像阿钦——"她眼泪夺眶而出，她从心里呼喊出来，"不要像阿钦——"

"阿钦是这一世来折磨我的妖魔鬼怪——"她日日这样诅咒着那把她带到天上又重重把她摔下来的男子。

雨势大到不再是一点一滴的声音，雨变成帘幕，变成瀑布，阿玉望着屋外，一片白茫茫，震耳欲聋的声音，房屋好像要被掀翻了。

"启生——"她又向着白茫茫的屋外大叫一声，但是没有回应。

她觉得心慌，从小乡里认识阿钦的人都说："启生跟死去的阿钦简直一个模子刻出来的——"

阿玉不喜欢这么想，她心里拒绝启生像阿钦，她常常告诉自己："启生是我的儿子，不是阿钦的——"

她不要启生像阿钦，她拒绝启生像阿钦，她害怕启生像阿钦。

但是，启生越来越像阿钦了。

启生才三四岁就不喜欢赖在阿玉身边，他总是跑去找比他大的邻居哥哥姐姐玩，跟着爬树，爬了摔下来，大伙哄笑，笑他小婴仔要学大人，他也不哭，拍拍身上泥土，不吭声，继续试着往上爬。

"遗腹子个性都这样强！"一个老太太说，摇摇头，又像赞赏，又像惋叹。

阿玉看着启生，心里七上八下，她每一天都担心启生像死去的阿钦。那担心越深，阿钦死不去的阴影也似乎更深。

"这折磨我一世的妖魔鬼怪——"阿玉心里想，"他死了，一走了之，留下十七岁的我，却还要在启生身上留下继续折磨我的符咒——"

启生十岁不到就独自在台风天跑到大浪呼啸着的海边泅泳，被邻人看到，赶紧跑去通报阿玉，阿玉一颗心跳到嘴边，急慌慌赶到海边。

启生刚刚上了岸，一身赤裸，还没有发育的男体，却完全像一个成年男子，结实笃定地站在狂风暴雨里，看着披头散发的妈妈。

阿玉像疯了一样，扬手一个巴掌打在启生脸上。启生没有动，没有惊慌，没有流泪。他像一块海边的岩石，静静地看了母亲一会儿，默默捡起海滩上的衣裤，穿起来，独自走了。

通霄的海滩上留着启生一步一步的足印，每一个足印都踩得很深，但是风雨太大了，那些足印也即刻被暴雨狂风海浪摧毁，消逝得没有一点痕迹。

阿玉蹲在地上，浪花被风吹到空中，在空中飞散又洒下来。小石砾、沙粒，也吹卷起来，一片一片打在阿玉身上头上。她不觉得痛，她抱着自己的身体，她知道阿钦没有走，阿钦还住在启生的身体里。还是一个少年的身体，充满了活生生的力量，充满了好奇，充满了挑战一切的热情，充满了爱与恨，充满了冒险与幻梦。

阿玉望着滔滔的大雨，一片白茫茫，她知道如何大叫启生的名字都不会回应，启生此时正随他的父亲在大浪中泅泳欢笑。

原载于二〇〇七年六月号《联合文学》第二七二期

少年。丰山

摄影 / 翁翁

三溪环绕的丘陵地，
巨石与瀑布构成粗犷风景，
在丰饶的深山，保留农村生活之最纯粹，
与美好靠得如此之近。

他的背包放在后座，因此，下车的时候，他先跟简先生道谢、告别，下了车，打开后座车门，拿了背包，背上背包，站在车外看到简先生还没有发动车子，他就隔着车窗摇摇手。

简先生把车窗摇下来，问他："阿政，你确定没问题？"

阿政笑了笑说："没问题，我看过地图，这里是梅山交流道，我会走一四九县道，到了草岭，再过去就是丰山。"

"一个人小心点哦！"简先生再次叮咛，"号码在你手机里，有问题随时 Call 我，别客气！"

阿政点点头，圈起右手大拇指与食指，比了一个 OK 的手势。

简先生走了，阿政望着这辆 Mini Cooper 的灰蓝色的背影，重新驶上交流道，心头忽然有一种又落寞又轻松的感觉。

阿政认识简先生只有不到三个小时。

阿政叼出一根 Seven，点燃了，长长吐一口气，在交流道下方一个小三角安全岛的树荫下坐着休憩。

树不高大，是大叶榄仁，有些叶子变成褐红色，掉落在安全岛上，阿政捡了一片来扇凉，才五月中旬，天气却极燠热，幸好榄仁叶片大而浓密，加上四面空旷，徐徐有微风，阿政便扇着叶子去除暑气。

昨天夜里上网，无意间逛到一个介绍丰山的网站，看到三条溪环绕的一个中低海拔的丘陵地，看到巨石与瀑布构成的粗犷风景，他心血来潮，想到丰山走一走。

简单地整理了一些衣物，放进了多年来陪他上山下海的背包，骑了摩托车，骑到离汐止的家最近的一处交流道，发现才清晨六点不到，这个时间，车流量不大，少数车子也是为了赶早班匆匆驶过，很少人会为路边一个搭便车的年轻人停车。

但是阿政搭便车惯了，既来之则安之，他就安坐在交流道入口处，举起右手，跷起大拇指，比了一个搭便车的手势。

许多车唰唰快速驶过，没有丝毫停下来或慢下来的考虑。

阿政常常这样在岛屿各处流浪，没有计划，甚至也没有目的，当然也没有赶时间的紧迫拘束。他反而可以自在浏览唰唰过去的车子，只是有时候会遗憾，这些车子速度太快，使他无心观赏每一部车子的特征。

"每辆车子其实都可以慢慢素描下来。"阿政想。他的背包里有一本随他走到天涯海角的笔记本，他习惯随时记一两句想到的话，也随时记录路上经过看到的一幢建筑、一辆车、天上的云、一只蝴蝶，或一片叶子。

此时他正素描着方才用来扇凉的榄仁叶，试着记录齐整的叶脉以及坚强而有力的叶蒂。铅笔在纸上沙沙地响。

一辆灰蓝色的 *Mini Cooper* 远远开过来时，他忽然觉得这个清晨格外美丽了。

车子速度不像其他车子那么急，而像一只滑翔在空中的鹰。

鹰在高高天上逡巡探视，因为它锐利的眼睛看得清下界的猎物吗？一只鸡雏？一条蛇？或是宙斯幻化的鹰，寻觅人间俊美的 *Ganymede*[①] ？

---

① 即伽倪墨得斯，希腊神话中的美少年，深爱宙斯喜爱。

灰蓝的车子，如同这一个清晨的颜色，竟然停下来了，就停在阿政面前。他站起来，踏熄烟蒂，迟疑了一下，因为没有预期，刹那间也不知道反应。

车窗摇下来，一个三十岁出头，戴着浅色墨镜的男子问："搭便车吗？你去哪里？"

"丰山！"阿政脱口而出。

"丰山？"显然男子对地名有点陌生。

"哦——"阿政使自己清醒了一下，"你走北二高吗？我到梅山交流道，或者之前放我下来也可以——"

"我去台南，没问题，上车吧！"

阿政把背包丢进后座，自己坐到前座，伸出右手，自我介绍说："我叫阿政，姓林——"

男子伸出左手一握，也介绍了自己："我姓简，叫我 Peter 吧！"

阿政还是习惯叫他简先生："简先生，我五专毕业，学陶艺——"阿政大略说了自己的学习过程，跟民间一些老师傅学拉坯，学荡釉，学传统柴窑的烧法。

"喜欢一个人旅行？"简先生问。

"到处乱走！"阿政笑着说，"过动儿！"

"到丰山有事吗？"

"没有，想看看那里的石头。"

"石头？"

"哦——很巨大的石头，地震的时候，从高山上坠落，掉在山坡上。

河谷里，有一条溪叫干坑溪，溪里没有水的时候，满满都是巨石，山洪涨满，水就在巨石间流窜冲击。"

简先生显然对年轻十岁以上的阿政充满好奇，包括阿政一件有汗垢的白棉布圆领 T 恤，一条泛白旧牛仔裤，一双凉鞋，以及剪得短短的小平头，以及——晒得红黑红黑的皮肤，以及——特别发亮的眼神吧！

简先生熨烫得平整妥帖的浅粉色细纹阿玛尼衬衫，珍珠灰的平织丝领带，卡地亚二〇〇七年的春季腕表，以及立在仪表板侧的全黑普拉达手机，以及他发 R 音时特殊的鼻音，以及他修饰完美干净的指甲，透着古龙水香气的下颌，这些，都是阿政完全陌生、无法辨识的另外一种生活。

可以这样说吗？简先生对阿政充满了好奇，阿政其实对简先生没有好奇。

"不，当然不会！"阿政被简先生问到会不会介意他的好奇，问了很多可能不礼貌的问题。

"我很谢谢你停下车带我。"阿政真心地说，"这么早，你可能赶着去工作。"

（不工作怎么会如此衬衫、领带整齐穿着，后座还吊着深色西装上衣。）

"我去南科——"简先生回答说，"是有客户要见，当天来回，常常这样，路上也很无聊，也许，是我应该谢谢你——"

阿政有点惊讶，他转头看了这个谈吐优雅温和有礼的男子，胡子刮得干净青白，散发着淡淡的古龙水的香味，像森林的香，像雨夜后的尤加利树，这个绝对高学历、高薪，大概是高科技上市股票火红的职场精英，他，叫作 *Peter* 的简先生，他停下车带我——"他为什么要跟我说谢谢？"

阿政率性地生活，姐姐甚至怨怪他从不牵挂父母，连过年过节也不回家，整天荡来荡去，连荡到哪里家人都不知道。

"你对得起生养你的父母、照顾你的亲人吗？"姐姐三天两头碎碎念地骂他。

阿政心里有很多歉疚，但改不了浪荡习性。一个用星座算命的朋友看了他的星盘，叹口气说："五个射手，没办法咯，你天生就要跑来跑去。"

这个朋友自己也是射手，但是他解释说："我月亮在摩羯，金星在巨蟹，你看，现在我稳定了，娶妻生子，多好，你啊——"

朋友又叹一口气。

是因为这个原因，阿政特别爱泥土吗？他喜欢揉土、捏土，喜欢看着一堆土在辘轮上转，像一尊佛，好像那稳定、沉默、笃定而又饱满的土，弥补了他内在不断流浪的不安定性。

"你是什么星座？简先生。"阿政忽然问。

简先生愣了一下，笑了，天真地说："你们年轻人，很在意这个啊！我是处女。"

"哇——"阿政吐了一吐舌头。

"怎么？"简先生问。

"听说处女很龟毛，"阿政有点抱歉，看着简先生补了一句，"可是你很好。"

"很好？"他笔直看着前面的路。

"你会停车带一个陌生人，我穿得脏兮兮的。"阿政不太会表达，简先生开朗大笑起来。

（这个人为什么要谢谢我？他停下车带我，应该我谢他。这个人工作这么忙，一大清早要开车赶到台南见客户，当天返回，他为什么要停下来带一个素昧平生的陌生人？）

阿政在素描纸上画完了榄仁叶子，又在叶子上重叠着画下记忆里简先生开车的样子，笔直看着前面的路，即使跟阿政说话，头也不转过来。

阿政记忆着那个安静的侧面，很干净的刮得青白的胡根，浅色的墨镜底下，眼睛看着前方，一动也不动。

简先生的脸和榄仁叶的叶脉交叠，细细的叶脉，仿佛变成了人的脸上许多小小的微血管。阿政不在意地画着，想到自己刚才落寞的感觉，是因为很少碰到这样温和诚恳的关心吧，而且是来自一个男子，一个高科技领域一直被阿政觉得无趣又冷漠领域的男子——

但是阿政又确实感觉到轻松，因为他害怕过度的关心。在这岛屿上流浪，他希望遇见的人都不会再见面了。他常常画一条很长很长的通向远方的路，一个背着行囊的人，孤独背对画面，他头也不回，那是阿政心目中的出发或出走的景象吧。背对着眷恋的人，背对着眷恋的地方，背对着眷恋的事物，头也不回地走去，绝不回头多看一眼。

简先生的告别或许多了一些使他不安的牵挂。他不要被牵挂，他害怕牵挂，他要一条可以独自一个人走到远方的路，一条永远不回头的路。

他在筋脉迷离的一张男人的脸上写了 *Peter* 五个字母，合起素描本，丢进背包，起步向那个未曾去过的丰山走去。

（一辆灰蓝色的 *Mini Cooper* 停在路边，他用轻巧的手指在手机面板上滑动，拨了号，他说：吵醒你了！等你放假来台湾，带你去一个叫丰山的地方，海拔七百多米，有很多瀑布，溪里面都是巨大的岩石——）

原载于二〇〇七年七月号《联合文学》第二七三期

少年 ・梓官

摄影 / 钟永和

撬开硬壳，历史如蚵仁那般晶莹圆润，
洗净多余的沙与碎屑，滨海地带，
郑成功时代即开垦，
传说挟带海浪汹涌而来。

许多妇人蹲在地上，手中用一把刀，撬开蚵仔的壳，把里面晶莹湿润的蚵仁取出，收在一只铝盆里。

妇人头上戴着斗笠，用一条花布连头带笠一起包起来，护住两颊，在下巴处打一个结。

非常炎热的日头，阳光照在海面，反射出刺眼的强光，妇人们长时间坐在海边浅水处工作，不把全身包裹得密不透风，一定被烈日晒伤。

蚵田里一支一支竹篙，用绳子和铁线缠绕牵连，一枚一枚的蚵仔就在线网上附着、蔓延、繁殖。

蚵仔的壳非常粗粝，像刀子一样，一不小心就割伤了手，妇人们却都很熟练，打开一个一个蚵仔的壳，取出如同胎儿的蚵仁。

天气太热，才刚祭过城隍，阿嫔记得城隍爷是农历五月十二日的生日，跟死去的爸爸同一天，所以会在同一天跟妈妈、小叔去拜城隍，又去上坟。

"你记得爸爸吗？"妈妈常常这样问她。

阿嫔瞪着两只黑白分明的大眼睛，呆呆的，没有回答。

"记得吗？傻瓜！"妈妈笑着，一面在砧板上把番薯切成很细的丝。

阿嫔帮忙把剥好的蚵仔放在清水里，慢慢淘洗掉沙和碎壳。

柔软的蚵仁在铝盆清水里回荡漂流，阿嫔用手指去捞，碰到蚵仁软软滑滑的肉，凉凉的，她仿佛觉得水盆里浮起一张男人的脸。

她吓了一跳，用手一拨，那男人的脸笑了起来。

"小叔，做什么，吓死人！"阿嫔回过头对着小叔阿渊嗔怪着。

阿渊笑了起来："吓到阿嫔了！吓到阿嫔了！"有点超乎寻常地

乐不可支。

"不像个叔叔——"阿嫔的妈妈在一旁也笑了，放下菜刀，跑去厨房倒了一杯青草茶递给阿渊。

"快三十岁了，你也老长不大啊——"阿嫔的妈妈又拧了一把湿毛巾，顺手帮阿渊头脸脖子擦了一遍。

"大嫂——"阿渊嬉皮笑脸，像孩子跟母亲撒娇，"大哥在的时候，你最疼我，整天抱着我，大哥走了，就该你骂我喽——"

阿嫔的妈妈一把抢过毛巾："大哥不在，没人骂你，你就不正经了！"

阿嫔看着妈妈和小叔说笑，把洗干净的蚵仁盛在盘里，也嗔怪地向阿渊说："妈妈有了我，你还想她抱，臭美呢！"

阿嫔跑到妈妈身边，搂着妈妈，在妈妈脸上亲了两下，好像故意做给阿渊看："妈妈疼的是我，怎样，吃醋吗？"

阿渊哈哈大笑起来，浓黑的眉毛，圆领汗衫湿透了，贴在身上，显出健壮的肩膀和胸膛，一条卡其裤紧紧绷在身上，刚从菜田里回来，裤子上沾满了土。

阿嫔的妈妈看着这个从田里工作回来，一身热气土气汗气的阿渊，又好笑又好气。

她是这家的长嫂，嫁过来的时候阿渊还小，但她不记得抱过他，只是把他像自己生的儿子一样带，她在海边剥蚵仔，阿渊就乖乖坐在一边，帮忙，把蚵仁放进清水盆里。

"小叔像爸爸吗？"阿嫔常常这样问。丈夫遇到海难，突然走了，阿嫔还小，她似乎一直幻想着父亲的长相。

（阿渊像阿嫔的父亲吗？她兀自思索着，以前不像，一点儿也不像。阿渊是个小孩嘛！有时连裤子也不穿，露着鸡鸡跑来跑去，阿嫔的妈妈就笑着羞他，帮他把裤子穿上。这个小孩子，怎么会像自己的男人。阿嫔的妈妈想到那男人，连尸体从海里捞回来时都硬挺结实，像一块大石头，像一艘船，可以载很多货、很多鱼，满满一舱的鱼、小卷，那男人身上有着海的气味，咸咸腥腥的，但是，很实在，很实在——）

阿嫔的妈妈说："阿嫔，你爸爸是一个很实在的人！"

阿渊听到了，做了一个鬼脸："哈，大嫂骂我，我不实在吗？我整天在田里挖土、施肥、除虫，今年菜收了好几趟，大嫂，你讲话不公平。"

"什么规矩——"阿嫔的妈妈假装板起脸来，教训地说，"大人说话，你小孩子回一大堆。"

阿渊伸一伸舌头，也假装吓到了，两手并拢，双脚立正，逗得阿嫔的妈妈忍不住笑了，指着他骂："老是不正经——"

（阿渊脑海里记得那么清楚，年轻新嫁来的嫂嫂有多么美丽。）

他一生没有看过那么美丽的女子，仿佛戏台上穿白色长裙的观音，带着淡淡的微笑，总是轻声细气，对每一个人都好。

大哥常常喝斥着：阿渊，走开，别老缠着嫂嫂。

　　阿渊怕大哥，大哥严肃，总是板着脸，肩膀上左右可以挑一百斤的番薯，大哥是家里的长子，左右邻居都赞美：你大哥一肩挑起你们一大家子的生计。

　　阿渊把大哥当成庙里的城隍爷，一丝不苟，赏罚分明；可是大嫂是观音，是妈祖，你惹了滔天大祸，好像她也笑吟吟护着你。

　　（那个台风天，都说风爷已经过了，谁知道老天爷开玩笑，台风转回来，来了一个回马枪，整个梓官陷在狂风暴雨里，到处听到呼救的声音，大树连根拔起，压垮了屋宇，人压在梁下，猪只在水里溺毙，鸡停栖在漂流的木板上，仿佛也惊慌地张翅乱飞——）

　　"大嫂——"阿渊忽然有点心事似的沉着了下来，他想了一下，望着阿嫔的妈说，"我从典宝溪那一边过来，看到黄槿树林下面的土都被大雨冲松了，有点担心，就走远一点去，看看大哥的坟。果然，坟土也经不起前一日的大雨，坟脚也松了，连坟台都有点失了地基，很长的裂痕呢——"

　　阿嫔的妈妈"哦——"了一声，放下菜刀，擦了手上黏黏的番薯汁液，坐在圆凳上发了一会儿呆。

　　（阿渊记得那个台风天，大哥到处帮忙，披着雨衣，一家一家看，海水从溪口倒灌，越来越凶猛，他还是不停地各处抢救人畜。天晴以后，大哥的尸体从海上漂回来，躺在一片黄槿树下，黄槿的花一朵一朵掉落下来，嫩黄嫩黄的花瓣，深紫色的花蕊，散落在尸体四周。阿渊听着大嫂一声一声的叫唤，从那一天开始，大嫂忽然变老了，白了头发，驼了背，每天整理番薯叶，在砧板上没完没了地把番薯切成细细的丝，把细丝铺在竹箩里，放在大太阳下曝晒，晒成像白头发一样枯干的丝，又煮到粥里，和米一起，变成浓浓稠稠的黄色的、纠缠着的番薯签——）

"我把这一季菜卖了，添一点钱，给大哥修一修坟，用牢靠一点的砖石砌地基，不要每年大雨来都让人担心。"阿渊站起来，把一条搭在脖子上的毛巾抽下来，抹了一把脸，说了一声"我走了——"便步出门去。

阿嫔走过来，依靠在母亲身边，搂着妈妈的肩膀。

母女二人都望着门外，白花花的阳光下一个渐渐走远的人影。

阿嫔忍不住又问："妈，小叔是不是像爸爸？"

妈妈也望着那宽厚肩背的男人，因为不是正面，看不到娃娃气的脸上不时调皮逗人的表情，那一步一步踏在地上沉着的步伐，使妈妈想起了什么，想起大海，想起咸咸腥腥的气味，想起船，船身结结实实的结构，可以承载很多东西，可以承载很重很重的东西。妈妈从腹中暖了起来，又有点辛酸，她回头看着初懂事的女儿说："真像，你小叔完全像你爸爸——"

原载于二〇〇七年八月号《联合文学》第二七四期

少年。观音

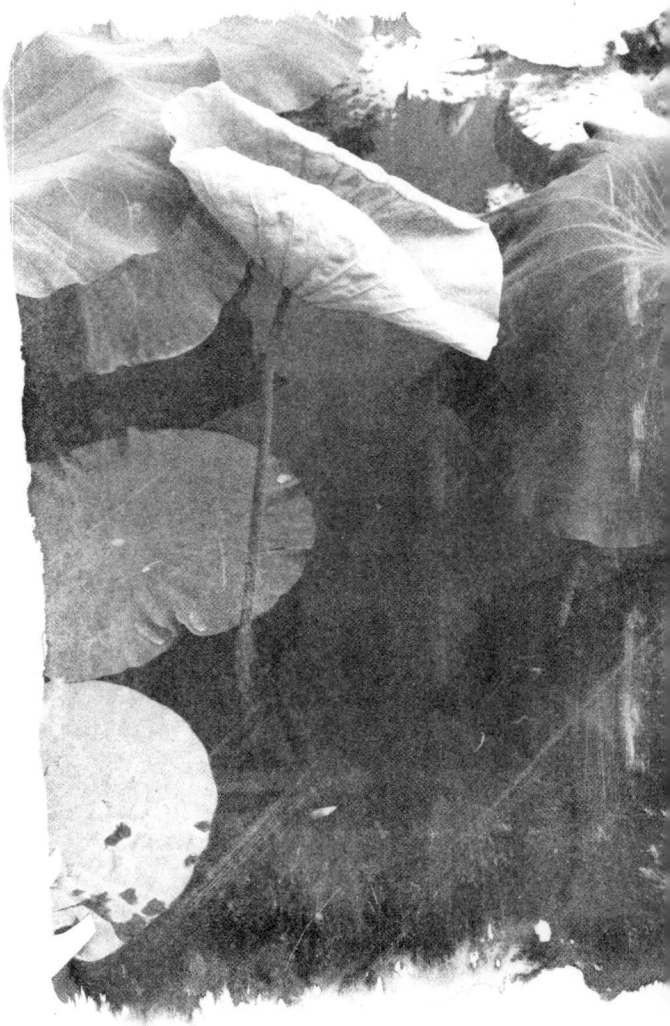

摄影/梁鸿业

坤塘满满的荷叶迷离的绿，
灯塔直耸的天空明亮的蓝，
破碎海岸线是观音顾盼的净地，
莲花的新苞有藏不住的粉黄。

骑着自行车，少年H绕过刚刚开发的莲花田。一进六月，莲花的叶子亭亭如伞，一柄一柄的长茎高过人头。

少年H就把车停在田梗边，脱了鞋，踩进田里去。

水不深，只淹到他的足踝，但是，水下面的泥泞却不踏实，站久了，往下沉，越陷越深，脚拔起来，"叽"的一声，一个深洞，浊黑的泥水立刻涌入，变成一个水坑。

少年H喜欢在荷叶下看明亮的天空，很蓝很蓝的天，一片一片绿色的叶子，深深浅浅，透着阳光，在风里摇晃。

少年H仰面看着，阳光便带着新绿的荷叶的光映照在他脸上。

他洁净的额上两道线条分明的眉毛，仿佛忧伤，仿佛喜悦，在一片密密的荷叶摇晃间看着天空，看着迷离的一片绿色，绿色上面一大片透明的蓝，他弄不清楚，自己忧伤什么，也弄不清楚自己喜悦什么。

好像只是因为少年，忧伤与喜悦其实这么相似。

种植莲花是少年H的故乡——观音近几年的新兴产业。

但是他想到的不是产业，他也不太了解这些新开发的荷花田对五万多乡民在经济收益上的帮助，偶然在选举的政见发表会上听到候选人拿着麦克风声嘶力竭地谈到一些夸张的政策或政绩，他也并不想停下来细听。

少年H只是觉得荷花田一片一片真是美丽的风景，他便常常骑着自行车来这里，走进田中，看荷叶片片层叠的漂亮，他也嗅闻到风里一阵一阵荷叶的清香，深深吸了一口气。

"荷叶哪里会香？"少年H的玩伴是邻居一个胖胖的女子——桃

珊，做出一脸不屑的表情。

桃珊是从新屋那边搬迁来的客家人，浓眉大脸，年纪比同班的男同学大两岁，发育早，制服底下裹着丰满的胸部和臀部。调皮的男孩常常跟在后面模仿她前凸后翘的样子，被桃珊发现了，便一定死命也要追上，把比她瘦小的男生压在地上，狠狠捶几拳，还要口中叫"观音妈祖"讨饶，桃珊才肯罢休，指着狼狈的小男生鼻子说："下次看你还敢，不要命！"

桃珊在学校没有人不怕她，一惹火，即刻便被压倒在地，一屁股坐上去，没有人动弹得了。

少年H跟桃珊有缘，从中学毕业，两人还是邻居，总是在路上遇见一同回家。

少年H骑自行车便载桃珊一程，桃珊不拘谨，跨坐在后面，抱着少年H的腰，一小一大，有时也引来同学讪笑，但两人都不在意，讪笑的人也就无趣。

"荷叶怎么会香？"桃珊掰下一片荷叶，凑到鼻下用力闻，荷叶吃不了力量，"啪"一声折断了。

少年H笑了，把荷叶拿过来，远远的，在风里摇，刚刚被日光晒得烫热的叶子，在风下透着一阵一阵淡淡的清香。

"闻到了吗？"少年H问。

桃珊向前凑过去，迫不及待，好像晚一点就闻不到了。

少年H把荷叶拿远说："不能太近，远一点，眼睛闭起来，是不是，很淡很淡的叶子的香，有吗？"

桃珊闭一下眼睛又即刻张开，说："没有啊——"

少年H叹了一口长长的气，抱怨着："桃珊，你鼻子有毛病啊——"

桃珊被少年H顶撞了，却不生气，和平日凶巴巴的样子不同，她耸耸肩膀，无奈地自嘲："闻不出来就闻不出来，有什么办法——"

她看着荷叶亭亭的绿荫下少年H十分俊美的脸庞，白皙洁净的额头上流动着淡淡的绿色的光，好像浮在水中的一张脸。

桃珊想起长辈说的一个故事：古早古早以前，这里还没有很多居民，一个姓黄的男子，路过小溪，在溪流里发现一块发亮的石头，在溪水里躺着，所有的水光都像宝石一样闪烁，水面上泛起彩虹一样的霞光。黄姓男子很讶异，合掌拜了一拜，不知是什么样的神明灵异。等他静定下来，发现那躺在溪中的石头原来是一尊观音的像，眉目宛然，洁净白皙的额上一对有英气的眉毛，像豪迈有担当的男子，却有很饱满的唇，又有女性的妩媚温柔。

黄姓男子拜了又拜，从溪中抱起这尊石观音，供奉暂厝在自己的简陋草寮里，日日捻香上供，从此，这地方逐渐兴旺了起来，连远处的人都前来祭拜观音，这地方就有了"观音"这个名字。

桃珊呆呆看着少年的眉毛，觉得真像一尊观音，便笑了起来。

"你笑什么？"少年H不解。

"你真的很像观音耶——"桃珊说。

"胡说——"少年H反问，"我又不是女的——"

"真的像，真的像——"桃珊继续看着少年H，她觉得自己是发现那一尊石观音的一百年前的男人。

"我是观音？"少年H又问，"那你是什么？"

桃珊想了一下，高兴地说："我是观音旁边的护法大力士！"

桃珊架起宽厚的肩膀，做出一个孔武有力的姿态。

落日的余光从海面反映到天上，西边靠海岸线一带，天空拉长了一丝一丝瞬息万变的云彩，紫、红、橙、蓝，明亮的金黄，深沉的银灰，一丝一丝变幻着，好像一个久远的故事，太久远了，只剩下一些片片段段的记忆，说的人说不清楚，却另有一种吸引人读下去的章法。

桃珊骑乘在少年H的后座，看到远远近近很多埤塘中也反射出落日的光，像一塘一塘黄金的镜面，明明灭灭，在他们身边闪烁。

海岸的沙地开垦成了西瓜田，肥大的叶子藤蔓四处攀爬，刚刚结实的小小圆圆的西瓜躲在叶丛中，像害羞、不敢见人的小孩。

"你知道镉米吗？"少年H忽然回头问桃珊。

海风很大，少年H的话刚出口声音就被吹远了，桃珊听不清楚。

"镉米——"少年H大声重复。

桃珊听到了，但不知道"镉米"是什么？

"镉米？一种米吗？"

"不是——"少年H等过了西瓜田，骑到避风的一处稻田边，停下车，告诉桃珊，她还没有从新屋搬来之前，这里的田地受工业污染，稻米中含镉，人吃了都得了病。

"镉，一种重金属，对人体有害的——"少年H回想起那时沸沸腾腾的新闻，以及几位热心的老师带班上同学做田野调查的情景。

"Cadmium——"少年H记得这个学名，一个字母一个字母拼给桃珊听。

他说："这里开设了工业区，有很多电池制造厂、塑料厂，甚至染料厂，都大量用到'镉'，这些重金属元素没有好好处理，排放到地下水中，水源被污染，渗透在稻米和农作物中，有人吃了，就会致癌。'镉'也会破坏人的肾脏，使钙流失。那一阵子，这里很多人得了软骨病，前列腺癌——"

桃珊很少听到同年龄的朋友谈论这么正点的科学知识，她有一点佩服起少年 H，觉得他酷似观音的长相里有一种不可捉摸的智慧。

"这么可恶——"桃珊卷袖子，"我们去痛揍这些用镉的家伙一顿，'镉'屁！"

少年 H 笑了起来，他喜欢桃珊这种像男孩子一般的豪爽义气，傻乎乎的，一有事情就揎拳撸袖子要揍人。

不知不觉，霞彩全变成了墨蓝，阒暗的天空忽然亮起一道白色强烈的光。

"灯塔亮灯了——"桃珊指着海边的方向。

"我们去白沙岬——"少年 H 说，跳上车，等桃珊坐稳，飞快向那高高的白光所在驶去。

刚好是退潮，白色的光照亮了远近一仑一仑翻滚的沙丘，留着海潮的痕迹。

少年。弥陀

摄影／钟永和

这里的虱目鱼在水塭闪烁波光，

这里有一棵老茄苳树，

这里的漯底山没有绿树，

光秃秃死寂的灰，

太古洪荒时，都在海中。

他走上漯底山的时候，觉得自己全身像被汗水洗了一次。

漯底山不高，其实只是一个矗立在海岸上的小山丘。

但是漯底山样子长得非常奇怪，一般的山都长满了树木绿草，翁翁郁郁，漯底山却是光秃秃的。

地质学家说这就叫作"恶地形"，是火山爆发形成的泥浆岩层。这些灰白的，像人或动物死去后留下的尸骨一般高高低低的山棱，走起来就有一点艰难。

加上他特别肥胖的身体，一步一步，挪移在有点滑、光溜溜的山棱上，必须小心保持平衡，那些陡斜的山坡棱线，好像刀背，很窄，脚不容易踩稳，身体上面九十几公斤的重量晃动着不容易摆平的多余出来的肉，他的确走得有点狼狈难堪。

汗如雨下，湿透了他上身的 T 恤，棉质的衣服就紧紧粘在身上，好像要成为他肥胖躯体的另外一层皮肤。

汗水也顺着腰部两侧的肉向下流淌，整条运动短裤也都湿透了，沿着大腿、膝盖、足踝，一路滴下去，滴在灰白色的土地上，留下了斑斑点点的深色水印子，但不多久，又被太阳晒干了，仍然是尸骨一样的灰白。

（他叫柱子，可能不只是他的名字中有个"柱"字，也因为他从小身材特别高大壮硕，像庙宇里顶天立地的一根粗壮的柱子，大家就都觉得理所当然应该叫他——柱子。）

柱子是这个叫作弥陀的海边乡村的人。

他的父亲是军职，一九四九年随国民党军队迁到台湾，在南部定居。

母亲的老家在弥陀，一个到处是虱目鱼鱼塭的海边村镇。

他不特别觉得自己跟"弥陀"有什么关系，那只是身份证上填写户籍的时候注明的一个地方。

而且他一直以为"弥陀"跟佛教的"阿弥陀佛"有关，后来被一个老师纠正，告诉他"弥陀"早先叫"微罗"，也有写作"眉螺"的，所以有可能是平埔族语言中的"Viro"的汉语音译。

汉人总是记不住其他民族的语言，把"Viro"变成"微罗"，变成"眉螺"，都还是不容易记，最后误打误撞，有人念成"弥陀"，大家反而记住了，这两个字对汉人来说有特别的意思，容易记下来。

他的老师还告诉他："Viro 这个发音应该是'竹子'的意思！"

但是，他擦了擦额头上的汗，汗汇聚在他浓重的眉毛上，有些流进了眼睛，有点酸涩。

"但是——这死人白骨一样的漯底山上怎么找不到一根竹子？"

他幻想着翠绿翠绿的竹林，一丛一丛，高高的梢头在风里摇曳，密密的竹叶过滤着太强的阳光，所以即使在夏日中午，只要在竹林中，还是觉得很阴凉。

他也仿佛听到竹林里一直亢奋叫着的蝉的声音，他也仿佛听到了竹林深处有一条潺潺湲湲的溪流，不断如歌声一样发出声响。

（他是爱幻想的，他的老师批改他的作业，也常常说他有过度做白日梦的倾向。但是，梦想有什么不好呢？他走在酷热像烧着大火的锅子的山丘上，四望出去，方圆几里，寸草不生，尸白尸白的一片荒丘，他可以梦想到竹林、蝉声、溪流、微风，潮湿又阴凉的空气……）

"梦想是真的——"柱子跟同伴们强调，"你闭着眼睛想，竹林，竹林就出现了，很绿很绿的竹林哦，一点都不假，一片一片，你要多少有多少，走都走不完的竹林，你要侧着身子才能通过，看过吗？那么密集茂盛的竹林，真是他妈的——爽！"

柱子捧着自己肥肥的肚子，呵呵笑了起来。

山上有一朵白云，正停在他的头顶。

他仰望着白云，觉得那是和他讲话的一朵云。

他说："你停下来做什么？如果是我，我会一直飞翔，旋转，一直飘游，到哪里都好，但是，我不会停留在原地不动。"

白云没有回答，一直低头望着他。

他想：白云是不是爱上他了。

他因此又对白云说："你也不要爱上我，因为我会跑来跑去，我不会因为你爱我，就停留不动。"

白云在缓缓飘远的时候，他想：白云是听懂我的话了。

他也感觉到了白云的孤独与忧伤，但他不知道怎么办。

他这么胖，九十多公斤的肉挂在身上，当然是一个沉重的负担。

他可以感觉到身体里每一个小小的细胞都胖嘟嘟的，像一朵棉花糖，但是，棉花糖很轻，正好轻得像天上的白云，所以可以飘来飘去，在任何地方都高高飘在天空上。

他可以飞起来了，他相信许多许多棉花糖一样的细胞，就像几千亿的气球，可以轻易地让他沉重的身体飞到天上去。

他想起一首意大利的歌，他听不懂意大利语，但是他知道那个歌手一直在重复着"*Danza*"这个词。

"*Danza-Danza*"，他也模仿着歌手愉快而又有点辛酸的嗓音重复着"*Danza*"这个意大利语的发音。

"我要舞蹈起来——"

他在漯底山的顶端旋转着，像一只特别大的陀螺。

有人在山下看到了，觉得很好笑，他们大声告诉旁边的人："你们看到没有，一个大胖子，那个九十几公斤的柱子，在山上跳舞，好像一头大象。"

柱子没有听见，他的耳边呼啸着那首意大利的歌，他觉得那个歌手就在他身边，用激昂的歌声鼓励他——旋转，跳舞，旋转，跳舞——

他看到满天都是金色的彩霞，彩霞像一种流动的血，血不纯然是红色的，有一点紫，有一点蓝，在最流动的地方有很多金色和橙色。

"如果我的血有一天都变成了晚霞，一道一道留在弥陀的天空上，人们会惊叫着说：看啊！看啊！多么美丽的夕阳——"

（那时候他低垂着头，十分沮丧。他知道那是他身体里的血，因为没有了血小板，血不能凝固，就四处流动，变成天空上红一块、紫一块的夕阳，而那些金色便是他不甘心死去的一些梦想与希望吧！）

弥陀乡一棵很老很老的茄苳树，树干要两三个人合抱，树皮皱老如同漂底山岩石的皱褶，他不知道为什么这棵树在夏天的时候绿叶扶疏，却在冬天的时候完全掉光了叶子，只剩秃秃的枝干张在空中。

皮影戏的小戏台有时候就搭在树下。晚上的时候，蒙了白布的影箱打了灯，一些老师傅就在白色的影窗上演出皮影戏——《陈三五娘》。

皮影是用一张薄薄的猪皮制作的，有点半透明，雕成人的形状，有细细的手指、手肘，有袅娜移动的脚，用线穿在竹棍上，老师傅转动竹棍，皮偶就像真人一样笑起来或哭起来，或者忧伤地叹气，用尖尖细细的声音说着自己的心事。

（他童年的时候便在这茄苳树下看了很多出皮影戏，看到深夜，戏班的老师傅都收了影窗，把皮偶一具一具放进木箱里，他还是死盯着那皮偶看，他想，这样他们就可能安心休息了吗？）

"但是——"柱子忍不住问老师傅，"戏还没有演完啊——"
老师傅笑着摸摸柱子的头，问他："你喜欢演戏吗？"
"我喜欢跳舞！"
老师傅手舞足蹈，像一朵花，停在半空中。
柱子很惊讶，觉得老师傅是一个魔术师，可以让扁扁平平的皮偶动起来，又哭又笑，也可以一下子飞在空中，变成一朵悄悄掉下来的落花。

"你教我——"柱子央求着老师傅。

老师傅笑了，他说："不行，没有人可以教你。"

"那怎么办？"柱子快哭了。

（老师傅走了，把一木箱的皮偶装进他的小货车，然后发动引擎，就在黑黑的街道上消失了。但他临开车前，俯身在柱子的耳边说：你就留在这棵树下，等人走完了，等天空有了星辰，你会看到一些会在空中跳舞的人——）

他一直等，一直等，一直到某一个初春的晚上，茄苳树光秃秃，还没有新芽，他等得睡着了，忽然他看到一群上身赤裸的少女舞蹈着出来，她们踩着意大利歌曲的节拍，摇摆着美丽的身体，她们都像一朵一朵落花，轻轻从空中落下。

于是，他决定自己是一个寂寞的小女孩，一个人呆呆站在树下，等待这些少女来邀他一起舞蹈。

原载于二〇〇七年十月号《联合文学》第二七六期

少年 。龙峒

淡水河与基隆河的交汇地，

孔庙与保安宫的坐落处，

四十四坎两排店铺罗列各式货品

与气味，不及文风之流普。

摄影／梁鸿业

少年龙峒

（一）

这个叫作大龙峒的地区在台北盆地的北端，基隆河自东而西迂回而来，汇流入从盆地南端流来悠长的淡水河。

两条河流交汇，叫作"大龙峒"的小区，正好位于这两条河流的交汇之处。

"是因为两条河交汇，所以叫作'龙峒'吗？"他好奇地问。

"不知道。"母亲牵着他小小的手，回答说，"好像当地人的发音也不是'峒'，而是'泵'，或许是原来平埔族语音的音译呢？"

他跟母亲下了二号公交车，看到一排到了终点站的公共汽车，停靠在一堵红色的高墙旁边。

红色的高墙上有四个留白圆圈，每一个圆圈中间有一个很大的毛笔字，他刚识字，还没办法全读懂。

母亲便一个一个教他认字，万——仞——宫——墙。

"是说这墙很高很高吗？"

"这是孔子庙——"母亲说，"形容孔子学问很好，像一座高墙的宫殿，要进入他的知识世界很不容易吧！"

孔子庙有很多古老高大的柏树，树梢都超出了高墙，他抬头仰望着，映照着红墙上面的蓝天，觉得墙真的很高。

孔子庙正门的对面有一个大水池，水池边简陋地搭了一个戏台，他远远听到锣鼓的声音，听到拔尖高亢的女人沙哑的声音，好像哭泣一般唱着他听不懂的歌。

"那是歌仔戏——"母亲告诉他。

"演什么故事？"

"不知道——我们走近看一看——"

母亲站在庙前面，看到高高的殿宇，用彩瓷剪粘装饰了许多龙凤神仙，便指给他看八仙中漂亮的何仙姑，瘸了一条腿的李铁拐，大肚子的汉钟离，吹笛子的韩湘子，长胡子佩剑的吕洞宾，骑驴子的曹国舅，提着花篮的蓝采和……

"这是保安宫，供奉保生大帝——"

"保生大帝？是皇帝吗？"

"是医生，传说他医术高明，民间为了纪念他，建了保安宫来祀奉——"

"那为什么要演戏？"

"演戏是为了谢神——"母亲向戏台上张望了一下，"老百姓感谢神保佑人间，常常在神生日的时候演一台戏给神看，表示酬谢神的功劳。"

戏台是四根粗大柱子搭起来的，上面铺了木板，中间隔一片画了彩色庭园宫殿的布幕，布幕前有人又唱又哭，他看不懂，便松开了母亲的手，绕到布幕后面去看。

一个穿着戏服的男子手中抱着一个婴儿，婴儿哭叫得很厉害，踢动着手脚，男人努力哄着婴儿，婴儿还是哭。

不多久，前台唱戏的女人进来，赶快接过婴儿，一面解开彩绣戏服的前襟，掏出白白圆圆的奶，把奶头塞进婴儿口中，婴儿一口衔住。不再听到哭声了，他听到敲锣打鼓中前台换了男人粗犷又荒凉的唱腔。

戏台边有烤香肠的摊子，一阵一阵传来肉肠在炭火中烤得焦香的令人饥饿的气味。

"弟弟——弟弟——"

他听到母亲在人群中叫唤他的声音，但仍眷恋地趴在戏台边缘，舍不得走，他看着那给婴儿喂奶的女人一张粉白粉白的脸，以及她头上许多闪亮的红的绿的彩色珠宝的光。

婴儿似乎睡着了，但嘴巴仍然叼着女人的奶头，隔不多久又用力吸吮数次。

"弟弟，下来——"

母亲终于找到了他，命令他下来，他回头看看母亲，又望一望戏台上那面孔白白的女人，似乎是他一时错乱，不知道哪一个才是他真正的母亲。

（在吸吮乳汁的时候，那女人涂了很厚的粉的白脸，上面塌着两片大大的胭脂，好像被火烧过，留着火的颜色。）

他很不情愿地从戏台上爬下来，回头依恋地看那婴儿时，婴儿也正转过头来看他。

一个双臂上刺了青的男子穿着很高的柴屐，在庙庭前跑着，许多人惊慌地闪开，男子浓眉，脸上有一种肃杀，红红的一张嘴紧紧闭着，他忽然大叫一声，从一张卷着的报纸中抽出一把亮晃晃的武士刀，双手高举着刀，举在头顶，哗哗向空中劈了两下。

众人又闪开了一些，一些妇人赶紧把孩子驱赶回家。

男子双眉紧锁，好像专注凝神地在祈祷，口中念念有词。

（我看到一双高高的柴屐，用没有上漆的白色原木雕制，两端有高高的屐齿，屐背是用粗糙的棕麻编的。）

不知道为什么男子把一双柴屐端端正正放在庙的门口，赤脚一步一步从一条商家的大街走去，有一些人尾随在他的后面。

"阿雄——"

似乎有一个女人凄厉的叫声，在街道四周空空的四边回响，但是男子始终没有回头，他白色的棉背心露出雄健的臂膀，臂膀上刺青的龙凤会随他挥舞长刀的动作在肌肉上一起跳动。

（很细密的蓝绿色的一片肌肉中的图案：一条张牙舞爪的龙，龙爪紧紧钳着一个裸体的女人，女人白白的身体，好像完全没有抵抗地环抱栖息在龙的蜷缠中，露着分不出是满足还是惊慌的表情。）

龙峒是同安人百年来聚集的地方，离商业繁荣的大稻埕不远，淡水河也有码头在此集散货物，同安人也就在这里逐渐形成了商业的街市。

同安人经营商业，在保安宫右手边形成四十四坎一排毗邻的店铺，售卖各式杂货。酒铺，米庄，油面店，金纸店，枝仔冰店，弹棉花的店，打油买醋的店，可以一路走过去，嗅闻到不同的气味。

（总是有一缸用木盖盖着的深咖啡色的酱，招来不少苍蝇。有人买酱，老板娘就露出一嘴的金牙寒暄，问长问短，然后取一张手掌大的报纸，用平板的木匙在酱缸中舀一匙酱，丢在秤上称一下，增删一点，把纸一卷，交给买酱的人，继续询问一家大小都平安快乐否。）

男子手持武士刀冲过街道时，卖酱的老板娘惊惊慌慌把一包包好的酱失手落在地上，男子的赤脚恰好一脚踩上去，酱汁从纸包中溅出来，在地上摊成血渍一样的斑痕，许多时日，风沙和灰尘掩盖了地上的斑渍，但是他还一直记得，走过四十四坎那条老街，总是低头寻找，好像那匆匆跑过的男子留给他什么以后可以认证的印记，即使漫漶不清了，他还是想再辨认一次。

原载于二○○七年十二月号《联合文学》第二七八期

少年 龙峒（二）

那条叫作四十四崁的老街，是同安人移民到这个地区后逐渐形成的商业中心。

紧靠在小区中心保安宫的右手边，两排红砖的一式骑楼建筑。骑楼从斜坡的瓦片屋顶上延伸出一个约三米宽的檐，形成商业店铺前面的一个公共通行的空间。骑楼相连成廊，路人都在骑楼下行走，可以避雨，也可以避烈日。骑楼下又是通风最好的处所，许多无事的老人便在骑楼边的藤椅上纳凉、下棋、饮茶，或逗弄孙儿玩耍。

或许因为邻街的门面是做生意最好的地方，四十四崁的商家店面开间都不宽，四米到五米的宽度。二十二间一排，两排四十四间，南北相对。

每一家都有一扇高高的大门，大门上端挂着八卦镜，门的两侧有红纸墨字的春联。春联多是自己家写的，也与自己经营的行业有关。每年新春过年春联贴上去，随岁月变化，从原来醒目簇新的红纸，逐渐褪淡成淡淡的有风雨渍痕的粉红；甚至到了岁末冬至，连一点点粉红的痕迹也消逝了，只是长长的破损白纸上残余着依然顽固不肯消退的黑墨端正的汉字，例如"风调雨顺，国泰民安"之类的句子。

（藤椅上的独眼老人用他那一只尚且完好而且精明的眼睛凝视着在岁末东北季风中飘飞的白纸，白纸上端还有一些角落粘在木楣上，但中央的部分糨糊多已脱去。纸被雨打湿，又遭虫蚁蛀蚀，已经残破不全。残纸的边缘在强风中抖瑟颤动，发出如同庙口乐器的嗦嗦的声音，一阵强，一阵弱。独眼老人看了一会儿，便低头听风中的纸片声，忽然独自哼唱起《陈三五娘》中一段女旦哀凉的唱腔。）

店家正中央高大的门扉一大清早就打开了，门扉下方有一道高高的木制门槛，约四十厘米高，防止鸡鸭随便蹿入堂屋，大人都要大步跨过门槛，小儿便常骑坐在门槛上看街上过往行人。

门扉的两侧是用木板拼成的一扇一扇门板，下方有一个五十厘米左右高的砖台，上面有槽，门板就嵌在槽中，一大早门板也要卸下来，方便客户上门做生意。

清晨听到最早的声音是猪叫，比附近日出后才清醒的鸟叫声还早，是屠宰场的人到居民家收购猪只。从猪圈抓出吼叫的猪，用粗麻绳吊起黑黑的大猪，挂在两人扛的大秤上，猪只挣扎嘶吼，不容易称。收购的人和养猪的主人争议着斤两，在尚未黎明的阒暗中用电筒照着秤上的刻字。巨大的秤砣来往摇摆，猪只的嘶吼一直持续到一把尖锐的利刃刺进它的喉管。血红腥浓的液体喷涌而出，旁边的人赶忙用一只放了盐水的木桶盛接汹涌而出的猪血，一股新鲜肉体辛腥温热的气味沉甸甸地在清晨的空气中弥漫开来。

（我窝在被窝里，听到猪只的号叫时，拿被子紧紧蒙住头，那凄厉惨烈的嘶吼的声音是因为知道死亡近了吗？我问母亲："死亡是什么？"母亲背转身子，没有回答，母亲把手中的一沓一沓金箔纸钱散成扇状，丢进熊熊的火炉中。火炉是一个空的大铁桶，火焰像许多舌头向上蹿升，争先恐后，舔噬着纸钱。）

少年起床的时候，走过四十四崁北侧后边的树下，看到地面上有一些血液的渍痕，他想起清晨蒙在被子里听到的猪只的叫声。

猪被刮去了毛，白白净净的，闭着眼睛，看起来像睡熟满足的婴儿。

在白净的身上盖着红色和蓝色的方方的大印，似乎是卫生检验机构的印记，好像证明死亡已经验讫，这是可以送到市场去肢解贩卖的肉了。

少年背着沉重的书包，他刚刚食用过的稀饭里拌了猪油，仅仅一勺白白的猪油，却似乎腻在喉管，吞咽不下去，少年觉得空气中那温热而又沉甸甸的肉体的气味越来越浓，堵在喉口，觉得想呕吐，又吐不出东西。

（那个独眼老人从黝黑的房子里蹒跚走出来，仿佛担心有人偷走猪尸旁木桶中浸泡在血水中的心脏、肾脏、肺或者胃这些珍贵的猪只身上的内脏，他用一只精明的眼睛四下张望，少年却觉得他另一只连眼珠也没有的空成一个凹洞的眼睛紧紧盯着死去的猪只，"所以——"少年想，"他的另一只瞎去的眼睛是仍然看得到死亡的吧！"）

东北季风里夹带着湿而冰寒的雨丝，一丝一丝飘来，像许多细细的针刺在脸上。

少年离开了猪只和独眼老人，他觉得脚步应该快一点，否则会赶不上学校的升旗典礼。

从四十四崁东侧，紧紧挨着保安宫的高墙，中间有一条仅仅一米多宽的窄巷，两旁都是墙，光线很暗，尤其在清晨，没有人在窄巷中行走，可以闻到微微的庙埕香炉飘来烟火的气味，还有隐约朦胧的低声诵经的声音。

到少年就读的大龙小学，可以穿过这条窄巷，一出巷口，左转经过保安宫正门，再隔一条街就是兰州街警察派出所，大龙小学就紧挨在派出所旁，正对着孔子庙北侧的一段红墙，墙头上透露出高大的榕树枝叶，飘着长长的使人心情烦乱的须根。

如果不走窄巷，也可以从保安宫西侧的角门穿进去，绕过庙的大殿，从正门出去左转，也可以到大龙小学。

少年每天喜欢选择不同的路到学校，如果学校是一个不那么有趣的地方，至少，去学校的路上可以多一点有趣的变化。

庙的后殿供奉的是神农大帝——一个红赤赤的男人，身上披着绿色叶子的上衣和下裙，睁着两个圆圆铜钱一样的眼睛，右手举起，拈着一株看起来有点神奇的草。

（少年在神像前站定，拜了一拜。这是母亲的训诫。母亲说：经过神像一定要拜一拜，不可以大喇喇走过去，对神明不敬！后殿的两庑住满了很多因为战争而流亡来的外地人。）

住户多了，两庑显得有点杂乱。一清早，有人在后殿的井边舀水刷马桶，黄色的尿液和粪便随着沟的凹槽流去，喧腾起一阵人的排泄物烘臭腥臊的刺鼻气味。

住户与住户之间大多只是用纸板或旧床单围成隔间，约略区分一些空间，一条廊庑下大约住了二三十家人。

煮早炊的人家把炉子放在庙的中庭天井，生起火来，柴木哔哔啵啵爆响，升腾起一阵一阵浓烟。等浓烟逐渐转淡了，才把炉子移近廊下，把用井水淘好的米倒进锅里，在小火的炭炉上熬粥。

（少年望着炉上一锅冒出热气的米粥，喷发出食物的香气。）

他仿佛听到哎哟哎哟的呻吟声，不知道从哪里传来，但持续不断，就近在耳边。

他穿过纸板，撩起布幔，看到尚未起床的男人女人，四脚八叉，睡在木板床上，下身只着底裤，露着白白的大腿，一条破旧被子盖不全下身。

哎哟哎哟细细呻吟的声音还在持续，少年很好奇这样压抑着的哀痛的叫声怎么可以持续这么久。

他一户一户穿梭进去，在阴暗的木造廊庑下，有时吊着一盏煤油灯，一点点鬼火般的闪光，使他透着高高斜射的清晨的光看到鬼域一样的画面。

一个和他同样年龄的少女被绑在廊庑的木柱上，用粗麻绳绑着，双手折在后面，不能动弹。

少年认识这个少女是他同班同学，他惊吓住了，躲在阴暗角落不敢出声。他看到少女的妈妈用一根细针，缝衣服的针，一针一针刺在少女大腿上，每一针刺下去，少女就哎哟一声，她似乎不敢大声叫，针刺的细孔在黑暗中看不到血，只见两条白白的腿，瘦瘦的肚子，少女母亲一张恶狠狠的脸，仿佛充满了怨怒，一针一针要如此报复在自己女儿身上，希望她哀叫，希望她痛，却又不要她死去，那便是母亲常说的"折磨"吗？

少年在看到这事件之后，从此便不再穿过保安宫去学校了。

原载于二〇〇八年一月号《联合文学》第二七九期

少年 龙峒

（三）

在学校补习完之后，约莫晚上九点钟，他一人穿过庙埕，大部分庙口的小食摊都已收去，地上泼着一些残剩的食物，如面、羹之类，散发着使人觉得饥饿的热腾腾的气味。

四十四崁的店家也大多上了门板，整条街寂静中显得黑阒阒的，和白天热闹的景况很不一样。

穿过庙宇两侧的小巷，觉得巷子特别长，庙墙又高又宽，巷子挤在底下，看来特别窄隘黑暗，只有几扇墙上高处开的小窗，透着昏黄的光，他白日常从那里经过，知道是西厢庑房里注生娘娘的殿宇，她的供殿中有长年不关熄的灯。

他也嗅闻到小巷里弥漫着从庙宇中飘散来的烟火的气味，楠木粉屑的香，像在空中有神明的庇佑，使他在黑暗的路上有了一点被除鬼煞恐惧的安定感。

"为什么要补习？"

"为什么背着沉重的书包上课上到黑夜？"

他心里有一堆疑问，有一堆压抑着的怨怒，但是都不敢说。

他忽然记起来班级导师王增财老师的脸，一张倒三角形的脸，很高很高的颧骨，煞白煞白的刀削出来的两腮，非常薄恩寡情的狠狠的眼睛。

"李世雄，出来——"

早上一到学校，王增财一张冷脸立刻散发着不祥的杀气。

（李世雄畏畏缩缩从座位走出来，用手护着自己的臀部。大部分时候，学生受王增财惩罚都是用一根一米长的藤条抽鞭屁股，因此，学生为了应付王增财毫无理由的体罚，总是去学校前先在臀部涂抹万金油、生姜……种种想得到的火辣感的药物，让自己在藤条抽鞭时减少烧灸的疼痛。但是今天李世雄还来不及准备，刚进教室就被点了名，他战战兢兢，双手护着臀部，知道在这样没有准备的状况下，今天的痛楚是多么可怕了。）

王增财瞪着李世雄，在全班学生肃然无声的沉重空气中，他像一个决定生死的恶煞，其实是比保安宫庙里的白无常还要使学生胆战心惊的。

"过来——"

王增财对李世雄磨磨蹭蹭的慢动作十分不耐烦，大叫了一声。

李世雄站在讲台边，茫然地低着头，知道这是一场屠杀，但好像犹在思索会从哪里杀起。

王增财手上并没有拿藤鞭这个他惯常用的刑具，都说是他在受日本统治教育时从他的老师那里继承而来的，上面有着岁月的油黄和似乎血渍一样的斑红。

"日本时代偷钱人的手指是一根一根被折断的——"

老人家坐在庙口闲来无事喜欢夸张一些过往恐怖的故事来惊吓小孩。

（他看到王增财伸手拉着李世雄手指时，忽然想起老人家讲的折断手指的故事，他忽然吓得有点失神。但是老人家还是夸张了。王增财并没有折断李世雄的手指，他只是把一支一支有棱角的黄色铅笔夹在李世雄手指之间。从食指到小指，每个指缝夹一根，一共三支有棱角的铅笔。全班学生仍然像木塑泥雕一样，呆呆不敢有一点声音。）

屠杀忽然开始了，王增财用力夹紧铅笔时，大家都看到李世雄除了夹着铅笔的手高高吊着以外，他整个身体坠落下去，跪倒在地上。

少年听到锐利的尖叫声，听到李世雄正在变嗓的男孩子又沙哑又尖细的叫声——

"老师啊——老师啊——不敢了，再也不敢了——"

跪在地上的李世雄并没有让王增财松手，他恶狠狠地紧紧夹着少年细细的手指。

全班的学生事后都在回忆，当时确实听到了李世雄手指一一被夹断的咔咔的声音。

（这或许是极端恐惧中的幻想吧！那应该是王增财非常不快乐的一天，因为少年的回忆中，王增财并没有再使用过这种用有棱角铅笔夹手指的酷刑，还是回复了他经常抽鞭学生用的藤条。）

在黑暗的庙侧小巷里，少年觉得巷子怎么如此长，长到走不完。

他不知道为什么王增财的脸一直跟着他，他快，那张脸也快；他慢，那张脸也慢。

在王增财家补习的时候，突然传说教育部派了督学来检查，当时恶补现象严重，教师常靠补习变名目收受家长费用来赚取外快。

"督学来了——"

王增财突然关熄了灯，让十几个小学生钻进榻榻米下的隔间。小小的身体一个一个钻进去，大家都似乎在严守秘密，一点声响也没有，听着王增财开了门，在玄关处与督学寒暄讲话。不多久，督学就走了。

那是少年一次奇特的经验。

在日式房子榻榻米下面，用木板搭建了大约四十厘米高的隔间，隔间有门，里面放着旧鞋子、旧报纸等杂物，布满蜘蛛网、灰尘。因为里面一点光也没有，看不见其他的东西，只有靠触觉。

少年正挤在李世雄的旁边，他闻到李世雄身上有鱼腥的气味，知道这是他们家卖鱼卖蚵仔的气味。

他用很低很低的声音说："李世雄——"

李世雄脸凑过来，他们都看不到彼此，李世雄伸出手来，碰到少年的脸，少年抓住他的手。

（少年忽然想起那是几天前被黄色铅笔夹着的手指，很细的手指，手指上细细的指骨，以及突起来的骨节，他触摸着，好像还记得当时听到骨节咔咔断裂的声音。但是他摸到的手指虽然很细却还完整，他很仔细地摸着，想证明这手指在受伤后都还完好无缺。在那阒暗、发霉，布满蜘蛛网、灰尘的空间里，少年们的身体如此靠近，可以听到彼此的呼吸，可以感觉到彼此谨慎的心跳与鼻息。少年握着李世雄的手，觉得跟他每天回家走的窄巷一样，一直走不完，那么漫长。）

王增财在门口送督学走的时候，还谈到近日天气的反常，互道晚安的时候，好像彼此都还用日本传统的礼节鞠躬到膝。

少年知道那暗暗躲藏的时刻，可以握着李世雄手的时刻都将过去，竟然涌出泪水，当然，他确定在那黑暗的隔间中，是没有人看见的。

原载于二〇〇八年二月号《联合文学》第二八〇期

少年 龙峒 （四）

纪念我的小学好友陈俊雄

庙埕前聚集着许多人，交头接耳，似乎在商议什么大事。

他经过庙口，听到七点五十分的钟声，再过十分钟，就要在操场升旗台前集合，准备每一天的升旗典礼。

"山川壮丽，物产丰隆，

炎黄世胄，东亚称雄。

毋自暴自弃，毋故步自封——"

（口中不由自主唱起来的歌声，常常是身体里最深的记忆。记忆并无好坏的差别，最好的记忆与最坏的记忆，都因为无法忘记，会一而再、再而三从身体里跑出来。校长陈昭光梳着很日本式的中分头，涂了油亮的发蜡，个子颀长，有点严肃地站在升旗台前，偶尔会叫住一个惊慌迟到的学生，笑吟吟地说："睡晚了哦！要养成早起的习惯。"然后是总值星的老师，披着红色斜肩的值星官布条，叫口令："立正——""向中间队看齐——"学生们以快步移动，排列成一方块一方块的队伍，像是兵士们在战场上布阵。阳光从东方的树梢上升起，照着广大平坦操场上的每一个学童，青青的头皮，那是不准许留长头发的年代，连女生的头发也剪得短短的，必须剪到耳朵上方，头发硬挺的女生，发梢飞起来就像鸭子尾巴的羽毛，在风中一扇一扇。）

"山川壮丽，物产丰隆——"

他远远听到学生们稚嫩的嗓音唱着嘹亮的歌声，一面红蓝的旗子缓缓上升，他曾经一度幻想自己会被选拔出来做升旗手，站在旗杆边，在众人的注目敬礼下，拉着旗杆上的绳子，把一面旗帜升上杆顶。

"升旗有什么好玩的？"阿雄撇一撇嘴，很不屑地说。

阿雄是他同班最要好的同学，本名叫陈俊雄。从五年级开始，他们就并排同坐，用同一张课桌，课桌是长方形的，大约一米长，陈俊雄在用尺量过之后，在中间画了一条线做记号，表示双方都不可以随意侵犯他人领域。

"你没看过下象棋吗？不是有'楚河''汉界'吗？这就是'楚河''汉界'。"

陈俊雄其实不是那么小气的人，他常常把放在口中含了一早上的棒棒糖递给身边的小朋友，慷慨地说："娃娃，这个棒棒糖剩下一半给你，最中间包着一颗小梅子哦，酸酸的。"

那个叫"娃娃"的小男生便腼腆地接受了阿雄的馈赠。

娃娃看起来还是完全没有长大的小孩，连讲话时的咿咿哇哇都还全是细嫩的童音。

阿雄则不同，同样的年纪，发育得已如成人，穿着短裤，鼓胀的大腿小腿结结实实，上面一片浓密的黑毛，常常惹起同班同学作弄，猛不防拔一根下来，全班传着观赏哄闹。

阿雄用粗哑低沉的声音骂着："干，你们这些小毛头——"

他其实是好脾气的，或者他也觉得自己的确是"大人"了，大人自然不会跟这些毛头小孩一般见识。

阿雄睡午觉的时候，会趴在课桌上，故意把手肘越过桌上那条"楚河""汉界"的中线，微眯着眼睛轻声叫他："小华，小华——"

他张开眼睛，问："做什么？"

阿雄低声说："不要睁开眼睛，老师会处罚——像我这样，眯着眼睛——"

小华就学阿雄，微眯着眼睛。他看到阿雄黑黑的面庞，浓密而长的眉毛，短短的鼻子下面有一些刚刚长出来的青黑色的髭须，以及阿雄很红很红的嘴唇，红而且肥厚，好像月桃花的花瓣，湿湿亮亮的。

"小华，我想休学了——"

"我听不清楚——"小华声音一高，坐在讲台桌边改作业的老师就警觉地抬头，朝全班扫了一下，冷冷地说："谁不睡觉，出去跑操场！"

阿雄在桌子底下用膝盖碰了小华一下，示意他声音不要太大。

小华听到了窗户外面宁静悠长的蝉的叫声，是今年最早的蝉声啊!

　　他于是微眯着眼睛，恍惚间听到阿雄说了很多很多事，但因为是初夏，是一个午睡时的正午，他不确定那是阿雄说的话，还是其中有一部分竟然是自己昏睡中的梦境。

　　"我老爸今年抽到作醮的炉主——"

　　"作醮？——"

　　"就是拜神啦，每年都要拜神，有时候好几年一次大的拜神，祈求神明保佑，就要作醮——"

　　"你爸爸是炉主——"小华声音不由自主又提高了。

　　"嘘——"阿雄又在桌下用膝盖撞了他一下。好像为了提醒小华不可以高声，阿雄的膝盖就一直停在他的腿边。

　　"炉主是作醮时候的头头，要骑在马上，披红色彩带，很神气的——"

　　"就像校长主持升旗典礼？"小华很得意自己找到了一个比喻。

　　"比那个还神气，因为要骑马，而且拜的是神明，不是一面旗子。"

　　他有些高兴这样眯着眼睛看阿雄，好像视觉的焦距对不准，有时候阿雄很远，只看到一个模糊的轮廓；有时候很近，近到只看见阿雄淡淡髭须下一张艳红色如同月桃花瓣的嘴唇，一开一合，吐露出低沉细微得只有他听得到的声音。

　　"所以——"阿雄沉吟了一会儿说，"我大概要休学了——"

　　"休学！"他觉得腿边的阿雄的膝盖又压紧了一下，便低下声说，"为什么休学？"

"爸是炉主，他要我参加八家将——"

"八家将？"

"唉，你不懂，就是'童乩'啦——"

"哦，在庙前面赤露上身，拿刀剑钉耙子在身上乱打，哇，好帅哦——"

"小声一点好吗——"阿雄又警觉到老师在抬头巡视了。

"不是乱打好不好——"阿雄显然有点不高兴，两道浓黑的眉毛在眉心纠在一起，然后他说："你听到蝉叫了吗？"

"有，好像今年第一次听到——"

"你知道，童乩是要请神的——"

"请神——"

"嗯，请神明降临。神在天上，它不知道我们人世间有苦，有灾难，有病痛，有考试不及格，有夫妻吵来吵去，有人杀来杀去，所以，童乩就手拿铁锤、刀剑，在自己身上砍，流出血，伤口很痛，有人还在伤口上喷酒，更痛，然后，你要一直念着神明的经文，念着神明的咒语——"

"然后——"他以为阿雄睡着了，或自己睡着了，便睁开眼睛，看到阿雄横趴着的脸，看到阿雄眼角汩汩流出的泪水。

他有点慌，阿雄是大人了，大人怎么会忽然哭泣了呢？

他用膝盖轻轻一次一次撞着阿雄的膝盖，他想说："阿雄，你不要哭——"

但是他发现自己却在不断流淌着眼泪，好像窗户外面不断叫起来的一片蝉声。

蝉在初夏都一一活了过来，之前，它们都在哪里呢？

他忽然希望这是一个很长很长的午睡，蝉一直在叫，阿雄的膝盖一直顶着他的膝盖，老师一直在用冷冷的眼光找寻说话的人，可是，他们一直没有被发现。

但是，没有多久，阿雄真的休学了。

据说他在学八家将，脸上画了脸谱，拿着大刀在庙前挥舞，跟武术的老师父学习比画。

他背着书包经过庙口，一个威风凛凛的赤膊男子叫他的名字："赵世华——"

他回过头，看到一群拿刀弄棍的男子，都是赤膊的，头上戴着有红缨的金盔，但是都画了脸，五颜六色，他分辨不出是谁在叫他。

他又听到庙后的大榕树里传来盛大恢宏的蝉的叫声，因为是夏天的末尾了，那叫声就特别惨烈凄长。

"小华——"一个勾青色脸谱的男人站在他前面，用膝盖碰了一下他的膝盖，笑嘻嘻地说，"我是陈俊雄——"

整片的蝉声响起来，他呆呆地看着那张青色花纹后面的脸，那两道浓黑的眉毛，那淡淡的少年的髭须，那髭须下一张鲜艳红润的嘴唇，那个嘴唇用很低的只有他听得到的声音说："小华，我做了童乩，你要我请神明降临吗？"

武术师父一声令下，七八个赤膊壮汉即刻恭敬集合，一拳一脚练起功来。

　　他此后上课总从庙口经过，总看到有人七嘴八舌议论着什么，他总是远远听到"山川壮丽——"的升旗歌，他知道，陈昭光校长又站在升旗台边检查是谁迟到了。

　　但是，不知道为什么，他不想再去学校上课了。

　　　　原载于二〇〇八年三月号《联合文学》第二八一期

少年 龙峒

（五）蝙蝠

不知道为什么，黄昏时天上总是飞着许多许多蝙蝠，黑压压一片，但是非常安静，它们像无声的黑云，静静地在空中移动。

我看着那些移动的黑影，模仿它们飞翔的姿态。

它们和鸟类不同，不太振动翅膀。它们只是张开翅膀，被空气飘浮起来，像风筝或滑翔翼，摇摇荡荡，可以在空中飘浮很久。

（我有一张破掉的雨伞布，伞骨支架都断裂腐烂了，我就把这张黑色的雨伞布披在肩膀上，模仿蝙蝠的样子飞翔。我在离家不远的堤防上逆着风奔跑，雨伞布被风吹得啪啪响，但是，飞不起来。我跑了很久很久，回头看一条笔直的堤防，好像荒原上一条遥远的路，延伸到无穷无尽，我希望能飞起来，俯看那条跑来的路，像鸟或蝙蝠在空中眺望。）

"我飞不起来，我没有办法像蝙蝠一样飞起来——"

那些蝙蝠低低飞掠过我的头顶，有时候觉得它们就要撞到我的鼻梁了，它们却灵敏地一转身，又飞去了远方。

母亲告诉我蝙蝠是看不见的，它们似乎是用非常灵敏的听觉或触觉在飞翔，所以可以如此安静又如此优美。

我也尝试闭起眼睛，感觉到雨伞的布在风里震动，如同一波一波的水波，我好像飞了起来。

"闭起眼睛的时候，比较容易飞起来——"我跟自己说。

有一只蝙蝠从飞翔中坠落了，掉落在电线杆的旁边，它瑟缩着，努力移动翅翼，但是似乎受了伤，飞不起来。

我靠近它，看它抖动挣扎的样子。

它有一个形状奇怪的头，方方的，毛茸茸的头，分不清楚五官，全身都是鼠灰色，翅翼的部分有薄薄的隐约透光的膜，黑色里透着一点血丝般的暗红。

我想寻找它的口齿，似乎许多漫画都叙述蝙蝠有可以吸血的锐利口齿，可以依附在人的颈部，静悄悄地把血吸光，被吸的人面色惨白，却一点也感觉不到痛。

那是多么厉害的口齿啊，可以不使对方感觉到痛而慢慢一点一点把血吸吮殆尽。

我因此也带着几分畏惧与防卫，逼近这瑟缩在地上的飞行失误的动物。

我手中握着一支竹棍，试图拨动它的身体，它挣扎着，好像要躲藏，却找不到任何掩蔽。

原来我的肩膀上还披着雨伞的黑布，或许那像黑夜的阒暗笼罩着我，仿佛身处在隐形的状态，使这小小的可怜动物不知道灾祸来临的原因吧！

最大的恐惧便是这无明的恐惧吧！

我用竹棍挑拨它的身体，它翻转过来，露出急促呼吸的肚腹，那呼吸引发我奇怪欲望，我便用竹棍戳刺它的肚腹，它更剧烈地挣扎，但是没有发出声音。

我好像在期待一种凄厉的叫声，那叫声告知我它身上遭受的痛的程度。

用叫声的分贝可以来测试痛的程度。

人在测试痛的经验时是残酷还是慈悲？

我有些害怕，觉得自己身上披着的黑伞布一旦撤去，黑夜就不再庇护我的身体，而天地间那些都拿着竹棍的神魔要从四面八方戳刺我的身体。

我的肚腹也在急促呼吸，我的肚腹也这样柔软饱满，引发所有神魔玩弄我的欲望。

（我能够比一只小小蝙蝠更有逃生的本领吗？还是我只能依靠一片披在身上的黑伞布，让自己如同一只鸵鸟一样，把头埋进沙里，假装一切危机都消失了？ ）

天空有入夜前的紫灰的晚云，在灿烂多彩的夕阳过后，将入于黑夜之前，那深墨色的紫灰其实非常像蝙蝠肚腹的色彩，一种透着深紫的灰，使人觉得沮丧而且忧愁。

　　我决定收养这只小小的恐惧的蝙蝠，我找到一片黄槿树的叶子，叶子里衬垫了一朵落花，黄槿的花是嫩黄色的，中间靠近花蕊的部分却有一圈深紫色，刚好像一个圆形的容器，我就把仍然抖瑟着的蝙蝠放进这朵柔软的花中，仿佛是它新的温暖的家，外面再用大片的黄槿叶护住，我用手兜着，可以感觉到它身体在我手掌上的重量以及不时轻微的抖动。

　　（我拉紧披在身上的黑色雨伞布，越来越感觉到那张布像幼年时我最向往的一种符咒，念一念，自己的身体就隐形不见了，可以穿过众多人群，而他们都看不见你——）

　　我担心自己在隐形的状态，而这一只可怜的蝙蝠与包围着它身体的黄槿花与叶子，都会被路人看到，我就努力把捧着蝙蝠的手也隐藏在雨伞布下面。

　　我不希望庙口附近众多的人潮会发现我或蝙蝠。

　　如果我隐身在看不见的黑暗中，蝙蝠与黄色的黄槿花，却如同有探光灯照着一样明显，我相信庙口一定会引起不小的骚动。

　　一朵明黄色的黄槿花，浮在半空中，里面睡着一只如同公主一般的蝙蝠，很像漫画中的画面。

　　庙口原来在戏台前看戏的群众，忽然都转过头来看我。

　　他们看不见我，因为我有雨伞布的遮掩保护，但是他们会看到一朵黄色的花，睡在花朵里的蝙蝠。

庙宇的雕花窗上其实有很多蝙蝠的图案，古代的人一定相信蝙蝠可以带来好运。在欧洲的白种人没有在岛屿登陆以前，庙宇一带的汉族移民也还没有蝙蝠是吸血鬼的恶劣传说，他们黄昏时看到满天飞着的蝙蝠，都相信那就是幸福的使者。他们便邀请了手艺巧的工匠，把一只一只蝙蝠的图像雕刻在窗户上、门上、屋檐下，常常五只五只聚在一起，围成圆形，带给人间幸福的庇佑。

（轰轰烈烈的锣鼓的声音在戏台四周响起，是练习庙会的宋江阵与八家将的男子们开始舞动了。庙埕上烧起了炭火，火光如同已经死去的夕阳，在幽暗中闪亮发光，有人在炭火中抛掷金纸，点燃起来的金纸带着点点火光在风中翻飞，像许多许多蝴蝶，在空中浮浮沉沉，最后变成很轻的灰，慢慢寻找降落的地方。）

我回到家的时候，把雨伞布拿下来，谨慎折叠好，藏进我书桌的抽屉。

母亲忽然站在我的背后，她问我："为什么手中捧着一只蝙蝠的尸体？"

我赶紧低头看，发现黄槿叶子和那朵黄色的花都急速凋萎了，缩成像纸灰一样脆弱的状态，新鲜的翠绿色不见了，明亮的嫩黄色不见了，只剩下蝙蝠身体令人沮丧的紫灰，而因为死亡，那紫灰更显丑恶难堪。

母亲嘱咐我把蝙蝠带去保安宫，她说：死去的蝙蝠都一一成为庙宇窗棂、门檐上的雕刻，它们庇佑人间，变成金色的或五彩斑斓的蝙蝠。

（在深夜时分，我被巨大的月圆的光亮惊醒，听到家人酣睡的声音，悄悄打开抽屉，取出可以隐形的黑布，披在身上，我把蝙蝠的尸体捧在手中，连同黄槿的叶子与花，一起带到了保安宫。庙门是关的，我就把蝙蝠与花留在窗台上，我想，天亮以后，开庙门的人会是第一个发现窗台上多了一个蝙蝠雕刻的人，五彩斑斓的蝙蝠，旁边还有一朵美丽的嫩黄色的黄槿花。）

原载于二〇〇八年四月号《联合文学》第二八二期

少年龙峒

（六）

四十四崁是同安人移民到大龙峒建立的商店街。

四五米宽的街道，两边各有二十二间店铺，经营米、面、油、布、铁器、药房等各种行业，包办了这个小区一般民生的需求，紧靠在保安宫右手边，也是小区最热闹人潮拥挤的地带。

四十四崁的商店都是狭长形的，前面临街的骑楼方向是做生意的门面，悬挂着招牌、商家的广告，店伙一清早就要卸下门板，准备生意上门。

大街的另一端，是四十四崁的后巷。狭长房子的后栋是住家和仓库，两边都是墙，很少门窗，除了小小天井上端透下来的日光，大多显得阴暗幽静。在许多堆放着的各类货品之间，堆积着陈年的灰尘，只有老鼠东窜西窜，发出一点吱吱的声音。

（我到四十四崁大街，不用绕到庙口，通常都选一个商家的后门，穿过狭长的仓库，一路惊吓着飞奔的老鼠，穿过明亮的天井，看到老太婆在灶间煮炊，把长长的面条放进碱水里煮，把煮成黄色的面条捞出来，摊在一个大竹箩里，筛去水分，等凉冷了，用油拌起来，一箩一箩叠放在库房，我走过时，看到偷吃油面的老鼠，因此也迅速抽了几条塞进嘴里。）

制作油面的商家姓黄，母亲有时要我去买面条，说："到黄面条家买十元面条。"我就一手拿了碗，一手拿一张十元纸币，从后门进去，直接找老太婆买。

我不知道老太婆是黄家的什么人。黄面条的老板胖胖的，常年穿一件圆领麻纱短袖内衣，一条条纹睡裤，笑眯眯坐在向大街的柜台前，做生意，也跟过往邻居打招呼攀谈。老板娘也胖胖的，梳一个髻，脸涂得白白的，常年穿条纹睡衣，热天手上多一把纸扇，也是笑吟吟与过路客人闲聊家常。

母亲说老太婆是老板的妈妈。我觉得不像，她瘦得皮包骨，高高的两个颧骨，逼出一对细小但锐利的眼睛。瘦削的两颊，一口包了金的龅牙，脸色蜡黄蜡黄，好像一辈子在碱水里煮面，在黄油里拌面，把脸都染黄了。

她总是在灶间，在柴火的烟里，蒸腾着大铁锅沸腾的热气，那一张脸好像浮在阴暗中的一个面具，没有表情，只有锐利的眼睛闪着什么不甘心的愤愤的目光。

（春天的雨下了很久，到处都湿淋淋的，墙壁上长出了一圈一圈的灰绿色的霉苔，连晚上睡觉时盖的被子都潮潮的，黏腻湿凉的感觉，很不舒服。只有黄面条家后门口那一株番石榴树在雨中特别翠绿。番石榴的树叶原来绿中带灰，可是被雨淋湿了，叶脉上流动着雨水的光，竟然是翠绿的，明亮而莹润。）

这是一棵野生的番石榴树，长在路边，枝干粗壮，与我家的屋顶一样高，我在院中玩耍，常常抬头看篱笆外面结了一树小圆番石榴的番石榴树，看到鸟雀停栖在树枝上，东看西看，趁没有人注意，它们便啄食番石榴，啄开青黄色的外皮，啄食里面粉红色的瓤，我远远地看着，仿佛也闻得到果实内里香甜的滋味。

"夭寿鸟仔——嘘——走——"

我在篱笆里面听到老太婆吆喝驱赶鸟儿的咒骂声。

趴在篱笆缝上偷看，老太婆踩着缠得很小很小的脚，行动却十分迅速，她从后面咚咚咚冲出，手上拿着一根细竹竿，挥打着番石榴树上的鸟，鸟儿受到惊吓，纷纷四散飞去。

老太婆一人站在树下，用锐利的眼神上下张望，似乎仍然准备与偷食的敌人大战一番。

这是一棵野生的番石榴树，但是老太婆不准鸟来吃，也不准附近的孩子偷摘。

她一年到头都在灶间煮面条，我不知道为什么她总是知道有鸟或孩子来偷吃了，即刻手拿竹竿冲出来保卫。

母亲一直告诫我不得招惹老太婆，并且搬出许多敦亲睦邻的道理。

我每天隔着篱笆，看着高大茂盛的番石榴树上累累的果实，心里还是有许多怅然。

唯一可以爬上番石榴树攀摘番石榴的是一个黄家的女孩。

（这个女孩是黄家什么人我也不知道，她跟我年龄差不多大，穿着很旧的有点不合身的花衫，灯笼形的七分裤，裤脚的地方有一圈松紧带，箍在她圆圆白白匀长的小腿肚上。她平日穿木屐，走路却很轻，没有什么声响。番石榴成熟时，老太婆会命令小女孩提一个竹篮，爬上树去，把一颗一颗番石榴摘下来，放进篮子里。）

小女孩爬到树梢上，正好在我家篱笆的顶端，我站在篱笆下，抬头看她，她也看到我，嫣然一笑，但似乎害怕被老太婆发现，仍然认真摘着果子。

我从篱笆缝隙中看着老太婆，她指指点点，告诉小女孩哪里还有番石榴，小女孩在绿叶丛中，有时不容易看清楚果实在哪里，老太婆就伸长了手中的竹竿，东敲敲西敲敲，大声吆喝，我害怕她要用竹竿打小女孩，害怕小女孩从树上掉下来。

小女孩却身手矫健，在大树的杈丫间手脚并用，如同灵活的猿猴，不一会儿，就装满了一篮的番石榴。

女孩从树上溜下来，把一篮番石榴交给老太婆，老太婆叮嘱她等着，踩着小脚咚咚咚回房间去了。

小女孩立刻又爬上树梢，隔着篱笆看我，笑得很开心，问我："要吃番石榴吗？"

我怕老太婆打她，摇摇手说："不要！"

她没有理我，摘下一个一个果实，丢进篱笆来，我赶紧接住，她又继续丢，我一连接了五六个，听到老太婆小脚咚咚走出来的声音，她才停住，一溜烟又溜下树去。

小女孩摘第二篮番石榴时，我还在篱笆下，我很高兴这篱笆遮挡住我，老太婆看不见我，而攀爬在高高树梢上的小女孩是看得到我的。

（天空很蓝，一朵一朵白云，远远近近有蝉叫的声音。小女孩的小碎花衫上都是番石榴树叶的影子，晃来晃去，使碎花的衫子更显得华丽。她摘得很慢，老太婆急得在树下指指点点，小女孩却仍然慢条斯理，她不时回头对着我笑。我把地上她丢给我的果实一一捡起，捧在手上，她频频向我笑，好像很高兴有一个老太婆不知道的秘密。那是我上小学时最快乐的秘密之一。）

雨季过了之后，太阳日照的时间长了，我在回想上一年番石榴硕果累累在树上的景象。

然而不知道为什么小女孩好久都不出现了。

我看到老太婆坐在后门口，端了一盆水，打开她脑后的发髻，她的夹杂着灰色、白色的头发很长很长，我之前从来没有看过这么长的头发，她在水盆里浣洗自己的头发，好像在洗一匹长长的布。

　　洗完头发，她用布巾擦干，在阳光下坐了很久，等头发晾干了，她在一个陶碗里倒了一点油，用一片刨木头刨下来的薄薄木花，蘸着油，一次一次擦拭着头发，头发变得又黑又亮，似乎夹杂的白发都不见了。

　　我想问老太婆小女孩的下落，但是我不敢，怕她又用一支长竹竿追着我打，像她平日追打偷番石榴的孩子一样。

　　她一定不知道小女孩私下偷偷给了我六个番石榴。

　　老太婆把长发绾在脑后，盘成一个髻，把洗过头发的水倒在番石榴树下，泥土上湿了一大块，老太婆端着空碗、空盆走了，我望着树底下一大摊水渍的痕迹，看了很久。

原载于二〇〇八年五月号《联合文学》第二八三期

少年 龙峒

（七） 防空洞

　　战争一直没有发生，但是为了没有发生的战争，整个城市做了很多的准备。

　　每一家的灯泡上都装置了黑布，一旦空袭来临，就可以拉下布套，遮蔽灯光，使负责空袭的敌机找不到攻击的对象。

　　（少年听到呜———呜———的警报声，即刻躲避在桌子下，用手抱着头部，蜷曲着像一个婴儿。他在空袭警报的声音中分辨着节奏的变化，从缓慢到紧张，越来越急促，"这是紧急警报了，应该赶快跑进防空洞去———"他这样告诉自己。）

　　在犹豫的刹那，警报的声音又变得舒缓了，慢悠悠的，像慵懒的猫伸着懒腰，他听到了邻近的人家讲话的声音，打开收音机，广播员字正腔圆讲述空袭警报演习的声音，隔壁厨房里，沈妈妈叮叮当当开始炒菜的锅铲声。

"没事就来一个空袭演习，他妈的——"隔着竹篱笆，沈伯伯粗犷高昂的声音特别浑厚有力。他喜欢下棋，每次下棋下到一半，空袭演习，他就要停止下棋，因此特别恼怒，骂着骂着，还对着天空加了一句："有种你就来个真的嘛！干吗穷演习！"

对于战争，大人们常常有很不同的评论，在空袭警报的紧张声音中，通常大人们也都不完全遵照规定地噤声，他们或者躲避在桌子下面，或者挤在防空洞中，仍然谈论着有关战争的种种。

"战争很可怕吗？"他在阒暗的防空洞中依靠在母亲怀中，抬头仰看母亲在幽微的光线里微笑着的侧脸。

母亲没有回答什么，好像战争是一段没有声音、没有画面的空白。

他记起学校里播放过空袭的影片，飞机轰隆隆飞来，逐渐低飞，飞到城市建筑物密聚的地方，从机腹处放下一枚一枚的炸弹，接着是炸裂的房子，四处飞散的爆破物，翻腾滚滚的火药的硝烟，坐在废墟中哭号的幼儿——

他看过很多次有关战争的宣传短片，大多数在学校，在固定的时间播放给全校的小学生看；有时候也在庙口广场，用几根粗麻竹搭架子，架起一张白色布幕，用一台发出很大声音的放映机，播出战争画面——飞机低飞，投掷炸弹，房屋倒塌爆裂，人们奔逃哭叫——

（那或许就是"战争"吧——是一部看了又看的陈旧影片，同样的情节一演再演，终于使他觉得"战争"好像是某些人编导的一出戏，可以到处巡回演出，可以使大家在平静无聊的生活里多一点戏剧性的惊恐。）

母亲对战争总是沉默微笑以对，仿佛战争从来没有发生过。

"防空洞很安全吗？"在阒暗密闭的圆形穹隆的空间里，我挤在母亲怀中，听着母亲很近的呼吸与心跳，仿佛又回到了胎儿的状态。

母亲依旧没有回答，但是坐在旁边的沈伯伯听到了，他忽然大声地说："防空洞安全吗？防空洞死的人才多呢——"他皱着眉头，恶狠狠地摇着头，发出"唉——唉——"沉着而痛苦的悲叹的声音。

"防空洞啊，就是鬼门关，鬼门关，你知道吗？"他把一张极恐怖的脸贴近我，我本能地往后退，缩到母亲怀中。

"鬼门关啊——"沈伯伯长长呼叹一口气说，"几百人挤在一个大防空洞里，以为安全了，有人还买了烧鸡吃，谁晓得，他妈的—— 一个炸弹左不炸右不炸，恰巧炸在防空洞门口，洞口堵死了，几百个人出不来，闷在里面，没有空气，活活闷死啊——等工兵挖开洞口，一洞都是尸首，死状惨啊，真他妈的——"

少年的战争记忆不再是飞机低飞，投掷炸弹，房屋倒塌……这些文宣短片中寂静无声的画面，"战争"的记忆里忽然有了沈伯伯粗哑苍老的旁白，一段声音的控诉，画面仿佛才有了真实感。

那一段使人惊悚的旁白仿佛是对战争真正的注解，他缩在母亲怀里，发现母亲仍然微笑着的脸庞上有两道泪痕。

战争始终没有发生，在长大的过程里，他的脑海中仍然会浮现飞机低飞的画面，但更多回忆到的是罩在灯泡上的黑布套，微微晃动，布套的黑影在白墙上摇摆，忽远忽近，好像鬼的影子。

而那拉长的像哭泣一样哀伤的警报的声音也不绝如缕，不时在耳边响起，像是少年成长过程中最重要的伴奏。

战争始终没有发生，少年长大了，嘴角冒出青嫩的髭须，头角峥嵘，像一头初长成的小鹿，有敏捷的四肢，可以随时快速奔跑，但是不知道为什么，他一旦奔跑起来，就听到身后跟着一长串空袭警报的声音。

战争像是罩在灯泡上黑布的阴影，黑布拿掉了，那暗影却始终留在苍白的墙上摇晃。

就像小区家家户户大大小小的防空洞，在战争不再成为文宣重点之后，在空袭警报演习的活动停止之后，那些防空洞却还那么具体地存在着，像人身上生过疮留下的疤痕，那么触目惊心地提醒着一段从没有发生过的恐怖事件。

防空洞上长满了杂草、野花，覆土厚的防空洞上甚至栽植了扶桑、芙蓉，一年四季，开着艳红或浅粉的美丽花朵，在阳光下迎风摇曳，使人逐渐忘记了那个地方与战争的关系。

有些防空洞被拆除了，盖起了房舍。

有些防空洞被遗忘了，成为附近居民丢弃垃圾的地方。建筑物的废料，剩余的食物，猫或狗的死尸，破旧断脚的家具……都堆放在防空洞四周，防空洞成为肮脏、破败的记忆，好像大家努力在这里丢垃圾，是想要用垃圾掩盖掉战争的恐惧。没有人愿意再靠近防空洞，然而，防空洞附近的野花总是开得最为明艳。

因为连日豪雨积水，防空洞附近淹成一片水泽，很快有青绿色的浮萍蔓延生长起来。甚至也从附近池塘漂流来了布袋莲，一个一个圆鼓鼓的球茎浮在水中，上面开出紫蓝色有黄斑点的花。

他是为了观察布袋莲来的，走近防空洞附近，发现有小小的鸭雏在水中游泳，看到他走近，并不惊怕，反而抬起头侧着眼睛看他。

少年翻着书包，想起中午的便当里还有吃剩的饭，便拿出来，把米粒摊在手掌上，呼叫鸭雏来吃食。

鸭雏疑虑了一会儿，不多久，游了过来，望着少年手掌上的白饭粒，似乎感觉到是美好的食物，便一摇一摆走来，用小小的嘴喙叼食饭粒。

少年感觉到掌心一点一点轻微叼食的鸭喙的力量，非常开心地笑了。

他并没有细想防空洞附近为什么会有一只可爱的鸭雏，对少年而言，在逐渐成长的岁月中，随着腋下、小腹下一片茂密的毛发的生长蔓延，似乎他也一直在寻找一个可以躲藏起来的角落。可以躲藏起来，不被他人发现，仿佛他越来越恐惧被他人看见自己身体的变化，腋下与下体一片阴森森的毛，以及那不时要勃起的阴茎。在与父亲共浴时，他总是想尽方法夹紧双手双脚，试图掩盖自己的身体某些羞于见人的部分。而这荒废被遗忘在一个角落的防空洞似乎正好成为他躲藏自己的最好的地方。

他陶醉在鸭雏的叼食、芙蓉花的摇曳、积水中的布袋莲，以及水中倒映的云天的影子中。

忽然一阵巨大的吆喝声响起："天杀的，你们要把我怎么样？"

他一回头，一个蓬松着头发，一脸花白胡子的瘦削男人看着他，紧紧握着拳头。

少年望着那如同野兽被惊吓时的眼睛，觉得似曾相识，却又不记得在哪里见过。

那男子咆哮着："你追到这里来了啊——一个防空洞的人都死光了，你还不肯放过我啊——你饶了我吧！你饶了我吧！"

男子号啕咆哮，跌坐在泥泞中，满身满脸都是泥水，一身都是垃圾一样的臭味。

少年想起学校老师警告过他们，不要去废弃的防空洞玩，"那边有疯子——"老师说。

"这是疯子吗？"

少年望着一个蒙着脸号啕大哭的男子，他哭号的声音这么粗哑低沉，像是空袭警报的声音，忽长忽短，忽然紧张，忽然放松。

"战争还没有结束吗？"

少年看着男子，心里一片凄伤的回忆，仿佛灯泡上的黑布影子又摇晃了起来。

原载于二〇〇八年七月号《联合文学》第二八五期

少年

。芹壁

摄影 / 钟永和

花岗石依山势阶梯状层层叠砌闽东
最完整聚落。粗粝的灰最具个性，
海水如镜临照；检肃匪谍的标语依旧在，
澳口有龟岛守护。

海天交界的一条线非常清楚，他坐在山坡上一块岩石上，呆呆看着那一条线，看了很久，好像惧怕那条线突然消逝了，不敢轻易离开视线。

"阿霖，把遮阳伞收一下——"

母亲呼唤他的时候，大约是太阳刚好要从壁山对面的海平面上向下沉落的时候。

他走回到家门口一片平台上，平台置放了六七张木桌，为了防止白日烈日炙烤，每一张桌子旁都设了一张大篷顶的遮阳伞。但是因为海面上水的反光非常强，在夏日的白天，即使有遮阳伞也没有什么用。大部分的旅客还是躲在民宿的房间中吹冷气，只有到日落时分才纷纷从房间走出来，到户外平台上看夕阳，等待月亮从芹山与壁山的山顶上缓缓上升。

一对姓山崎的日本年轻夫妇，带着一岁左右的男孩，坐在平台一边看阿霖收遮阳伞。

小男孩对阿霖收伞的动作很好奇，定定地看着伞布一折一折叠起，用带子捆好，一束一束沿着房屋的檐下排列着。

阿霖的母亲端了两杯青黄色的饮料给山崎夫妇，山崎夫妇有礼貌地道谢，并且询问是什么茶。

"乌龙？"山崎先生以为是台湾的冻顶。

"No，"阿霖母亲说，"金银花——"

对方听不懂，母亲就叫阿霖过来翻译，阿霖腼腆地笑着，他其实也不知道"金银花"英语该怎么说，但母亲始终觉得他是芹壁唯一通

外语的人才，而外语——不管英语、德语、法语、日语，对母亲而言，
通通是一样的。

阿霖常常因此抓着头皮，硬生生跟一个瑞典人或日本人翻译母亲
的话语。

大多时候，语言的尴尬过后，无论对方懂或者不懂，在品尝沁凉
的液体时，一律都会出现赞叹美味的表情与声音。这时，母亲看着旅
客的脸，满意地微笑着，她的满意，包括金银花茶，也包括阿霖。

阿霖忧郁的时候，母亲却是看不见的。

夜晚十点左右，劳累一天的母亲通常都入睡了，第二天清晨她要
早起为民宿的客人做早餐，一碟夹了蛋的继光饼，一杯奶茶或咖啡，
很简单，但人多的时候还是要阿霖一起帮忙。

在游客称赞阿霖孝顺或懂事的时候，母亲习惯性会上前摸摸阿霖
的头。

在母亲的手伸来时，阿霖常常借故躲开了。

童年时被母亲抚摸或搂抱的快乐其实早已消逝，代之而起的是憎
厌与恐惧。

"阿霖长大了——"

邻居有时会为阿霖拒绝母亲的抚摸解嘲，母亲撇一撇嘴，做出"谁
稀罕"的表情，悻悻走进厨房。

"我长大了吗？"

阿霖看着一艘一艘远远的渔船，一点一点渔船上的灯火，有一种
说不出的落寞。

他仿佛听到了熟睡中母亲的鼾声，因此可以放心自己无所事事地坐在空无一人的台阶上看海，看渔船，看天空的星辰……这些他从小一直看着从来没有发生变化的风景。

芹壁是因为芹山与壁山命名的。二三十户人家在面海的山坡上用石块砌建了一幢一幢房子，高高低低，左左右右，形成了小小的聚落。

聚落高处有一座天后宫，祀奉台闽地区海上的保护神妈祖。妈祖两侧，陪祀铁甲元帅和临水夫人。

小小的聚落，几百人口，大多是从对岸福建移民而来。沿着闽江口，从对岸到最近的岛——高登，几乎只是伸手的距离，阿霖一到夜晚，就看到对岸的渔船一艘一艘亮起捕鱼的灯。

很多人把这个村落戏称为"海盗村"。

童年的阿霖便充满好奇地问母亲："我们祖先是海盗吗？"

阿霖被母亲呵斥怒骂了一顿，此后再也不敢提"海盗"的事，但是他从漫画书或童话卡通里看到的"海盗"都有浪漫而传奇的故事，在私底下他颇希望自己真的是海盗的后裔。

但是阿霖一直隐藏着自己流浪、叛逆，甚至无法无天、放肆的部分，使自己驯良到没有一丝一毫"海盗"的基因了。

也许，那就是他忧郁的原因吧！

他最大的叛逆只是拒绝了母亲的抚摸。

而在这可以听到母亲熟睡鼾声的深夜，他走向海湾，那鼾声如同涨潮时一波一波的浪涛，密密逼近他的身体。

他褪去了上身的背心，看到月光下自己身上烙印着背心之外的晒痕，很明显的皮肤上的褐黑与白的对比，使他仿佛窥探了自己另外一部分未曾打开的身体。

他褪去了短裤，也看到自己下身一段未曾被阳光照过的白，有点凄惨荒凉的白，映照着丛丛如怒草的体毛，觉得这是一个会被"海盗"耻笑的身体。

"如果父亲是海盗呢？如果祖父是海盗呢？"

他在深夜常常想到的问题都是白日不会想到的，如同这个村落许多家族的故事，他们习惯不去探问男人的踪迹与下落。

这是一个留下强悍女人的村落，阿霖无端想起：作为男人的自己，有一天也将从这个村落消失吗？

他在沙滩上漫步，让潮水一波一波击打自己的脚踝。

芹壁村面对的一段海湾名字叫镜澳。

通常海湾平静无波，的确像一面平坦明亮的镜子。

海湾中不远处有一个岩盘构成的小岛，形状像极了一只伏在水面上的大龟，岩盘的结构也像龟甲，当地人就叫它龟岛。

从龟岛到海岸大约只有一百米的距离，每年浅水期，据说有八天，可以不用泅泳，直接从海岸可以走到龟岛。

阿霖常常在夜晚一个人游到龟岛，他对浅滩中的礁石布局太了解了，完全像一条无阻碍的鱼，可以通行在众多布满牡蛎壳的礁石间，不会被刮伤。

他从俯泳改为仰泳，漂浮在水上。月光和水光在身体之间流动，轻轻拨水的手和轻轻踢动的双脚，使微微的水波在两腋与两胯间波动。

他像浮在月光上的一条鱼，梦想着飞到天上去，在众多星辰的国度找到自己真正的位置，也许正是自己"南鱼座"的位置，有两条孪生的鱼，紧紧依靠着，是由许多星辰组成的鱼。

他静坐在龟岛较高处的岩盘上，白日炎阳晒过的热燥退去之后，空气中有一种安静的沁凉，好像午后那一杯冰镇的金银花茶。

他听到些微声响时初初以为是大鱼的唼喋，仔细看却是那一对姓山崎的日本年轻夫妇在月光下拥抱着，阿霖看到女子赤裸的背，男子粗壮的手臂环抱着女子的腰。

阿霖有点感觉到冒犯了他人隐私的美好，遮住自己勃起的下体静悄悄溜进水中，藏在水中潜泳了一会儿，才露出水面，确定自己没有打扰到对方。

阿霖回到镜澳海岸，走上沙滩，每一脚踩下去，脚印中就出现一点一点荧蓝色的光，他从小跟沙滩上这种叫"涡鞭毛藻"的生物游玩，把它们称为"星沙"，一种可以在沙里形成星光的生命。

阿霖一路跑去，身后一串脚印便浮出如同天上银河一般的星光，像空中的烟火，如此繁华，一点一点出现，使人惊叹，也一点一点幻灭，一样使人惊叹。

阿霖在星空与星沙之间，似乎更确定自己是海盗的后裔，流着流浪、叛逆、肆无忌惮的血液。

原载于二〇〇八年八月号《联合文学》第二八六期

少年 。南竿

摄影 / 钟永和

岛在海平面之上，战争在地表之下，
挖呀挖呀将坑道挖成蚁穴的雄心，
挖不出时间的隐痛，一杯老酒下肚，
回忆即将点燃炸药。

小小的岛屿，一度被战争的炮火笼罩。轰轰隆隆的炮弹击打在建筑物上的声音并不特别使居民们受惊吓，他们有时喝着郁烈的老酒，酒后激昂地叙说着上一次炮战的惨烈，仿佛在讲述一部小说或一部电影。新到的青年充员兵，如果流露了一点惊慌恐惧的表情，那手臂上刺着青字的老士官，就喷着一脸酒气，把一张涨红的麻脸凑近到充员兵面前，沙哑着喉咙说："怕吗？你仔细看我这张脸，怕吗？"

充员兵闻到一股强烈的酒味，夹杂着口腔和胃中腐臭的食物的酸馊，夹杂着腋窝下的汗臭体嗅，混合成令人作呕的气味，那气味越来越逼近，使他不能呼吸，但他不敢退后，不敢转头，他知道这张脸如同轰隆隆的炮声，会从四面八方过来，无处可躲。

"哈，哈，哈——"

士官长狂笑起来，从喉咙里喷出口涎，喷在充员兵脸上。

他忽然揪起充员兵的前襟，几乎把瘦小的充员兵一把拎了起来。他说："炮弹嗖一声飞来，你不能慌。你仔细听，是从哪个方向来的声音。你反方向跑，能多快就多快。听到那声音靠近了，赶紧趴下去。"

老士官一把放开充员兵，自己一个踉跄，扑倒在地上。他回过头，问充员兵："看到了吗？要这么快！"然后他露出野兽一样的狂野，一把拽下了裤子，露出黑毵毵一个屁股，他喝斥着充员兵说："看，慢了就是这样下场——"

充员兵看到黑毵毵的屁股其实是焦黑的一片疤，有碗口那么大，像一个皱缩在一起沮丧的人的脸。

老士官从地上爬起来，裤子还挎在大腿上。他慢腾腾地站好，把阴茎和睾丸都塞进裤裆，重新系好腰带，坐在充员兵身边，朝着天空望了一会儿，很寂静的风声，他跟充员兵说："今天的炮打完了，今天没事了。"他看着充员兵苍白的脸说："别怕，活着就不要怕。"

岛屿被炮弹不断袭击的那些年，岛上驻军的领导决定开挖地下以及山壁中的坑道，最初是试图建设武器的掩体，把机枪、高射炮都置放在岩壁上挖出来的坑洞中。逐渐因为炮战越来越激烈，就决定延长坑洞为坑道，可以贮存更多军用或民生物资，也可以在战况紧急时把军民都疏散进坑道中。

坑道在长达二十年间不断开挖，像地下的蚁穴，无边无际地蔓延，高高低低、迂回如羊肠的坑道，穿过一层一层岩壁，仿佛隐藏着战争岁月不可言喻的荒谬隐晦的心事。

他看过今天的潮汐，渔民的作业大多依据潮汐的涨退，在城市里长大的他对海洋了解不多，来到南竿使他开始认识海，认识在海上讨生活的渔民，知道潮汐像是大海的呼吸，渔民便依靠着这呼吸决定出海与回航的时刻，决定下锚与撒网的位置。

"闽江口的潮间带是渔获最丰富的地方，鱼、蛤、虾、蟹的肉质也最甜嫩。"渔民们这样跟他说。

他想起自己爱吃的佛手贝，小小的，大拇指大小，一边是硬壳的爪，像一尊佛手，另一头是软壳，里面包覆着一粒鲜美的贝肉，配着岛屿浓烈的老酒更是香甜。

他在港边跟渔民聊天，看看时间差不多了，就骑上单车，往北海坑道去。

　　脚踏车上坡有些吃力，他贴着木麻黄的树林骑，避开了烈日，但仍然一身都被汗湿透了，他便脱去了衣服，袒露着上身，迎面有一阵一阵风吹来，到了高坡顶再左转，一路都是下坡了，风速加快，他放手让单车向下滑行，已经远远看到湛蓝的海，像沉睡一般，蓝色上沉静着几座岩礁。

　　坑道入口有一座两米高的雕像，是几个穿军装的士兵正用铲子、十字镐劳动工作。雕像做得很写实，他仔细看，都是二十岁上下的年轻人。他想了一下，父亲在这里服役的时候应该也就是这个年龄。

　　父亲常跟他说在坑道里工作的情形——计算好要开挖的空间，在几个标示出来的岩壁上凿出小孔。花岗岩的石壁硬得不行，什么工具都难砸开，只看到火花四溅，钢铁与岩石硬碰硬铿锵作响。

　　"我把土制的火药塞进好不容易凿开的岩壁隙缝中，等士官长命令，一起点燃，用炸药引爆的力量，从各个角落把一块岩盘炸碎——"

　　他记得父亲叙述时的表情，那时父亲已经肝癌末期，躺在医院病床上，他忽然变得很爱讲话，甚至很仔细描述在南竿岛上服役时每一位认识的军中伙伴，特别是那一位喝了老酒以后会脱下裤子让他看屁股上的疤的麻脸士官。

　　父亲在病痛中难得的笑容竟是因为那位士官与他之间奇怪的友谊。

　　"一个有趣的人，我刚见到他，怕得要死，觉得简直是人间妖魔——"

　　他陪伴着父亲，在医院此起彼落的呻吟哀叫的声音中，发现父亲睁大眼睛，似乎一夜都没有睡。

"睡一下吧——"他握着父亲干瘦的手。

父亲摇摇头，他显然又陷入回忆中，陷入那些曲折弯来弯去的黝黯坑道中，那攀爬在岩层里像蚁穴一样复杂而神秘的坑道。

他正在读卡夫卡的《城堡》，他觉得父亲叙述的坑道真像卡夫卡小说里的世界，荒谬、黝黯，完全不合理，但是人类的文明不是一直在建造着伟大而荒谬的工程吗？"因为荒谬才形成了伟大吧——"他少年的头脑中这样想。

但他不会跟父亲说，父亲对他荒谬的念头是不会理解的。

每一个夜晚在病床边陪伴父亲，在故事里认识了那麻脸士官，他忽然觉得，似乎父亲与这麻脸士官才是真正的亲人，"同袍"，父亲用了一个他这一代不常用的词汇，"同袍"，是穿同一件衣服、同一条裤子的意思吗？

"睡不着，再讲一讲你挖的那条坑道？"儿子鼓励着父亲。虽然医生一再叮咛父亲的病大概拖不过这一两天，但是，儿子还是觉得父亲脸上有一种光亮。每当他提起青年时开坑道的故事，提起那个总是酒醉到不省人事的麻脸士官，他就仿佛即刻变成了年轻人的模样。

"我把火药很仔细地装在标示好的定点，岩盘的八个边角。都装好了，把引线一条一条拉出来。那是要很谨慎做的工作，坑道里很黑，常常要靠手的触觉，把引线放置在高一点不会碰到积水、不会受潮的地方。引线受潮就会熄火，无法引爆火药。"

父亲断断续续说了坑道的故事，儿子若即若离仿佛走进了他想象中卡夫卡笔下的"城堡"，那不断扩大的建筑，一层一层密密保护着主人，然而主人自己最后在"城堡"里也迷失了方向，永远走不出自己修建的"城堡"。

"我把引线拉到洞口，跟麻脸士官说：都布置好了，可以点火了。麻脸士官诡异地笑一笑，说：等一等，让我喝口酒，喝口酒，看天崩地裂。他笑着一张丑脸，拿出酒壶，灌了一大口，又递给我，我也学他灌了一大口。"

儿子想：如果卡夫卡的《城堡》只是要说存在的荒谬，那么，父亲一生最引以为豪的"坑道"是不是一种荒谬的伟大呢？

"引线点燃了，我和麻脸士官头靠着头，看着一点一点的火星燃烧起来。一条火星的线，红红的，像血管，延伸到黝黯的坑道中。"

父亲眼角流出了眼泪，儿子用毛巾替他拭干。他继续亢奋着，好像回到了坑道口，看着燃烧的引线，一点一点，将要炸开整座岩盘的引线。

"可是，引线另一端一直没有动静。我跟士官头靠头，我闻到他满头满脸酒气。我说：我进去看看。我要动身，可是麻脸士官按住我。他说：别动，我来看。他又打开瓶盖，一口气把酒灌光了，回头跟我笑一笑，说：喝饱了酒，看天崩地裂。"

父亲在黎明的光慢慢亮起来时闭上了眼睛，他最后告诉儿子的故事结尾是——那麻脸士官刚刚走进坑道，火药就引爆了。一声巨响，真的是天崩地裂，从来没有这么成功地炸出过这么大一个坑洞，父亲因此还得了一枚军队的奖章。但是，那麻脸士官的尸体却一直没有找到。父亲说他不断在碎石堆里翻挖，他想找到任何一点可以证明麻脸士官存在过的证物，但一直到他退役离开那个小岛，始终没有一点结果。

父亲抓着他的手说："那小岛已经解除战地政务了，有空替我去看看坑道，替我去看一眼那里的海，喝一口那里的老酒——"

他因此来了，在坑道里坐着，读卡夫卡的《城堡》，喝了老酒，觉得父亲还在跟麻脸士官谈笑嬉闹，简直像一对热恋中的情人。

原载于二〇〇八年九月号《联合文学》第二八七期

少年。水头

东方闽南与西式洋楼混融，
在传统中窥见瞻望世界的豪气，
依恋大海的村落虽小，
时不时吹来咸腥海风，
诱引梦中的船启碇，向远方。

摄影／翁翁

他走过一片草地，在绿色的光影中看到一些小小的灰褐色的禽鸟，体形不大，走走停停，似乎在草丛间觅食，叮叮啄啄，有时也停下来歪着头，仿佛远远打量这路过的陌生人。

一场猛烈的炮战刚刚过去，空气里还都是硝烟和死亡的气息。

他想起父亲书房里的那张画，画上有一只一模一样的鸟。

少年放下身上的书包，蹲在地上，仔细观看这群总共有十来只的小鸟。

禽鸟很特别的地方是头部，有一顶像冠冕一样羽扇状张开的头羽，非常华丽，使这体形不大的禽鸟仿佛戴着头冠的君王或武士，有一种令人起敬的贵气。

少年想起学校里来了几位年轻的战士，穿着草绿色的军服，戴着中央镶了一枚青天白日徽帜的长檐军帽，晒得黝黑的面庞，透着劳动后汗水油腻的红红的面孔。

军士们是来帮助学校建造运动场的。他们用十字镐锄地，碰到坚硬的花岗岩石，十字镐弹震起来，冒出火花，当当的声音引来学生们围观。

"怎么办，阿丰？"

阿丰看着十字镐，他担心刚才用力太猛，十字镐的尖头会折损，他用右手大拇指试探尖头的钝利，才发现自己手臂一片发麻，反弹起来的十字镐震动他紧握的手臂，肌肉受力，一开始不觉得，逐渐整条手臂酸麻起来，从手腕到手肘，甚至连肩膀都麻痹了起来。

阿丰一边用左手按摩着手肘手腕，一边看着围观的学生们。

他笑着打招呼，问他们："怎么不去上课？"

忽然，不远的地面上低低飞掠起几只灰褐的小鸟。

阿丰被鸟吸引了，很仔细地看着，好像想起了什么事。他便走到一边，打开随身带的一个军用帆布背包，找了一下，拿出一个黑色皮革的小箱子，取出了一只望远镜。

阿丰坐在地上，用望远镜观看三四十步外的小鸟，调动着焦距，看得很仔细，没有觉察到他的背后围了一圈好奇的学生。

一个学生甚至把脸凑到阿丰脸旁，似乎很想找到一点空隙也可以从镜头中看到那些小鸟的样子。

阿丰发现了，笑着把学生拉近，让他坐在自己腿上，也把望远镜放在学生眼前，说："你看，戴胜——"

"戴胜？"少年询问着，看到了镜头中一只有美丽头冠的鸟。

"戴帽子的戴，胜利的胜——"阿丰看着少年制服上绣的名字——陈育胜，笑着说，"跟你一样的名字，阿胜——"

"你看，它头上有一把像扇子一样的羽毛，好像戴了帽子，很神气对不对？"

阿丰把每一个学生一一抱在身上，帮他们调焦，仔细观看那一只一只的戴胜鸟。

少年阿胜看着这阿兵哥，看他帽檐下浓黑的眉毛，很挺直的鼻梁，鼻梁下嫩嫩的髭须，围着丰满而红润的嘴唇。

"你会常常来我们学校吗？"阿胜忽然问道。

学生陆续离开了，阿丰收起望远镜，站起来，看着阿胜，没有回答。

　　他想起故乡老家，在父亲的书房墙上挂着一张荣宝斋水印木刻的画，小小的册页裱成了立轴，画面上一枝双钩的竹子，竹子上停着一只戴胜，那散开的扇形羽冠栩栩若飞，也是那一张画，使他从童年开始便从父亲口中知道了"戴胜"这个名字。

　　父亲说戴胜有戴着冠冕的意思，古代文人盼望学而优则仕，可以考科举得功名，因此就把戴胜鸟作为做官有了功名的象征，宋元的绘画中就常出现戴胜，用来送给读书人作为一种取功名的祝福。

　　"爸爸，那你为什么不做官？不是老是有人找爸爸做官吗？"阿丰稚气地问着。

　　父亲笑一笑，抚摩着儿子的头，仿佛千言万语，年幼的儿子是不会懂得的。

　　戴胜鸟的那张立轴就一直挂在父亲书房，在阿丰成长的过程中，从启蒙到进入中学，长成清秀俊美的青年，那戴胜鸟好像逐渐使他懂了父亲不可言喻的孤独。

　　一九四九年年初，父亲忽然失踪了，没有任何消息，母亲终日双眉紧锁，面对着已经十七岁的儿子，很矜持地不肯多谈一点丈夫的行踪。

　　国共内战的炮火由北而南，逐渐波及阿丰的宁静小镇，母亲忽然决定要阿丰跟随舅父往南迁。

　　"你呢？"阿丰问母亲。

　　"我留在家里，不能家中无人。"母亲笃定地说。

　　"那我留下来陪母亲。"

　　"不，你先避一避。"母亲一向不多话，但意志坚决，她的决定也很少有人能辩驳改变。

母亲替阿丰打点了行李，没有带太多东西，用手绢包了一些珍贵金银首饰，叮咛儿子收好，战乱中或许会有需要。

阿丰接过沉甸甸的布包，才忽然觉得好像不是一次单纯的旅行，眼眶溢满泪水，话堵在喉咙口，看到书房中竹梢上停着的戴胜，忽然问道："妈，爸到底去了哪里？"

母亲震颤了一下，犹疑了一会儿，说："你也长大了，应该知道。你父亲去了延安。"

阿丰当然知道延安的意思——那个共产党领导的工农革命的据点——却仍然很茫然，不能理解儒雅斯文的父亲与延安革命的关系。

舅父差人来催上路，母亲说："去吧，也就三两月，战争就要结束，别磨蹭了。"

舅父是国民党军官，南迁半途中很快遭遇共军，军队溃散，舅父阵亡，阿丰随残兵一路奔逃，到了金门。

"这里叫水头？"

阿丰牵着阿胜的手，一个未满十八岁的青年带着一个初识不久的十二岁少年，因为戴胜鸟，成为要好的朋友。

"不远处有码头啊——"阿胜有点在地人的自信，跟初到不久的青年军士介绍水头村的种种，带阿丰看了几幢水头村有历史的洋楼。

"是出外做生意的金门人回来盖的，所以有南洋风。"阿胜说。

"啊——"阿丰恍然大悟，"所以你们学校大门也是一个西洋楼的样子，上面塑着有翅膀的小天使，原来金门是很受西洋风影响的地方啊——"

水头村范围不大，几户闽南式合院的老旧建筑，黑瓦屋顶，墙壁用花岗石堆砌，砌造出各种不同的图案形式。

闽南式的民风中掺杂着西式南洋风的洋楼，好像古老传统里有了向世界瞻望的勇气与自信，与阿丰从小居住的安静保守的农村小镇有很不同的气味。

阿丰甚至爱恋起这个紧靠大海的村落，好像时时可以从空气中嗅到一种新鲜的咸腥的气味，好像连夜晚的梦里都有可以航向远方的船在启碇。

阿丰想起了大学毕业不愿意做官的父亲，想起总是忧虑什么的母亲，想起一路在战争中死去的那么多青年，想起书房墙上画里的戴胜鸟，有一点离乡的哀伤吧，但他也似乎在流离中有了挑战自己生命的新的喜悦。

有一天，阿胜从学校毕业了，他约了阿丰去塔山，经过一座小小的寺庙，十七岁的阿丰停了下来，一个字一个字读着寺庙门楹两边的对联：

昔有迤里辛酸客

寺奉他乡飘泊魂

"什么意思？"阿胜问道。

"大概这个小岛，你们家乡有，因为战争，有很多外来的人，年轻，死在这岛上，乡亲好心，就为他们收了尸骨，供奉在这寺庙中吧——"

阿丰说完，离家后第一次有大恸，忽然落下泪来，他好像看到一场惨烈的战争，如雨一般掉落的炮弹，许多年轻军士死了，像阿丰一样的年纪，战场的硝烟里遍地尸骸，他好像看到自己也成为尸骸，一缕悠悠荡荡的魂魄，到处找一个可以安身的地方。

"你怎么哭了？"阿胜问。

阿丰没有回答，径自在寺前合十，拜了三拜，听说又将有大战事要爆发，阿丰合十祭拜，好像是在祭拜自己未来的魂魄。

原载于二〇〇八年十二月号《联合文学》第二九〇期

蒋勋的少年

与。

少年的蒋勋

谢旺霖

这些人当初从大陆这样移民过来台湾的时候几乎都是少年。

他们出去冒险，或者向往一个地方，一片新土地，

甚至连两脚都没有机会踏到这块土地上，

可是他们的尸骨在这里。

这当中似乎有一种年轻的精神，或说少年的精神在这块土地上，

而这个东西让我觉得，我不希望台湾太老。

二〇一一年十一月二十四日，八里淡水河岸旁，蒋勋画室。

走入画室，便见河流悠悠地躺在窗前，水光粼粼跃动。稍往左看，可以望见出海口，远方海口，接连天空无边的雾色。这样看着望着，不知不觉就忘了此行的目的。

电话铃声响起，我睁开模糊的双眼。那端声音传来："吵醒你了吗？猜一猜我现在在哪儿？"他的声音兴奋得像个追风少年。我瞥了一下挂钟，早晨七点半。他说要让我听，手机高高举在空中。澎湃的浪涛兀自深情地拍打在岸上，淘洗岸边滚滚的卵石。

我知道——那是七星潭独有的声音。

"看见太鲁阁的画吗？"我转过身来，才发现稍前匆匆一略壁上的墨画，原来是太鲁阁。我从窗边移步至画前，顺着山脉缠绵的走势，想起同登锥麓断崖那次，在山水的中途，一行人都累瘫了，就睡卧在悬壁间轻摇的吊桥上。恍惚中，我忽然醒转，正听见他打手机给远方的朋友："嘿嘿！猜一猜我现在在哪儿呢？"

画室里的一切总要使我分心。终于让自己坐定下来，隔桌面对着他。我搔搔头，尴尬笑了一笑，记起了今天第一个问题。

谢旺霖（以下简称谢）：是什么原因开始触发您写"少年台湾"系列？

蒋勋（以下简称蒋）：大概从青少年时期，我就喜欢背着背包在台湾乱跑。没有计划，也没有目的，经常会因为一个地名很特别，就想去。譬如有一次，我在"月眉"，去看了做交趾陶的林洸沂。然后在那个夏天，很热很热的晚上，突然看见很蓝的天空上那种星月。你会觉得，唉！这地名怎么会跟这个天气密切相连？

写《少年台湾》的时候，有个习惯是背着背包坐在小火车站等车，就开始做点小笔记。那笔记不是有目的的。可能刚好看见瞎了一只眼的老人，天长地久坐在那里不知道要干吗，我就开始描述他的动作，描述他跟周边扶桑花的关系，然后，阳光在他身上慢慢地消失。这本书很多东西是从这样的笔记整理出来的。

我想这些都跟一般可能世俗所说的旅行无关，它比较接近流浪的旅行，会让你意外碰到一些难忘的事情。

谢：可是您也写了许多的篇章，像"大龙峒"之类，似乎不只是被地名所触发。

蒋：其实有好几篇是写朋友的故乡。后来有一种动机，碰到一个人我就会问："你在哪里长大的？"很多人回答台北、台中或高雄。不过这类大都市往往很抽象，不具体。再问下去，就慢慢找到，像芝山岩、苑里、燕巢等这些小地方。

像那时正在写《少年古坑》，有一天碰到一个企业的老板，我们聊了起来，后来她一说到"古坑"，就很兴奋地开始一直讲，那个董事长的职位突然不见了。她说："哇！我们那个古坑哦，我们每天放学回家就斜背着一个书包开始跑，那时候刚刚发育，书包袋子摩擦我的胸部，觉得很痛也在跑。然后我就一脚踩进蛇坑，然后发现，哇！全部跳起来都是蛇。"我想如果没有人问她，她大概不会经常想起这样的事。

那些小地方往往充满他们的童年，很深、很具体、很独特的生命记忆，嗅觉的、触觉的、身体的那种记忆，我很想帮他们把那些记忆释放出来，找回来。我觉得找回来以后，他们才有故乡。而"大龙峒"的部分，则是写我自己的童年。

谢：为什么《少年台湾》每个篇章的名字都冠上"少年"？

蒋：我第一本出版的作品《少年中国》（诗集），就用到"少年"。我想，"少年"是我对"青春形式"的某一种迷恋。

喜欢"少年"两个字，多少是受到父母的影响。我来自外省家庭，父母也许是基于一种乡愁吧，都喜欢谈他们自己源远流长的家世，像我的母亲有满族正白旗的血统。但我到了巴黎之后才发现，父母的乡愁其实对我来说都不具体。我有自己的乡愁。我的乡愁是大龙峒，从童年开始就在这块土地上生长的东西。

台湾有一种话，叫"开台祖"，意思是，你跟这土地的关系是更确定的。我在想，如果父母跟着姐姐移民到加拿大，他们的遗体也埋葬在加拿大，那我会不会是"开台"第一代？

谢：所以"少年"，具有诉说自己的童年、乡愁和土地，包含时间与空间的意义？

蒋：在我画室旁，有一个墓，以前附近是个码头。一八二七年，汉人移民在那里下船，但船行过程里有不少人死在船上，幸存者便合力把尸体就地埋葬。那些死者都没有个人的名字，因此叫"万善同归"。这些人当初从大陆移民过来台湾的时候几乎都是少年。这些人，他们出去冒险，或者向往一个地方，一片新土地，甚至连两脚都没有机会踏到这块土地上，可是他们的尸骨在这里。

这当中似乎有一种年轻的精神，或说少年的精神在这块土地上，而这个东西让我觉得，我不希望台湾太老。

台湾的年轻，也可以包含很多东西。就像我去看马祖的灯塔，发现守灯塔的，竟然有俄罗斯人、英国人、丹麦人、荷兰人等。台湾后来在两蒋时代强调汉族统治，所以可能不容易理解这些事。如果我们有机会，将十六世纪后这些世界船队在岛屿上踏过足迹的经验和生命留下来，很可能会让这个地方变成非常混血的文化。这也是我比较想讲的广义的"少年"。

谢：关于"青春形式"与"台湾"的关系，能不能再说明一下？

蒋：我觉得台湾的年轻，有时候是很冒进、冒险，甚至鲁莽的。你在这本书里时常可以见到，不知天高地厚，不畏死活去做一些事，充满顽强、耐苦的生命力。

这样的生命力，可能也跟残酷、毁灭联系在一起。这些东西构成我对岛屿某一种文化性格的理解。它们是一种美学，不太讲合理。它们或许暴烈，非常情绪化，很容易自我毁灭，然后也不在意毁灭。我觉得这种美学形式的本身，没有所谓的好坏，就像书里我写到的有些人物，第一代在海里死亡，第二代继续还是那样，表面上是某一种宿命，但我不觉得它是悲剧，它里面有一种美，就是漂亮，台湾那种生命力的漂亮。这些其实都是一种"青春形式"。

谢：刚才提到"大龙峒"，我观察到您在书里，时常有一种对庶民文化的关注与欣赏，这跟您的成长背景有关吗？

蒋：对，我想有关。当时大龙峒除了少数当地的士绅家庭以及移民，我们大概是唯一的外省家庭。我后来升学，小学同学几乎在毕业后就失学了，开始从事各行各业，在菜市场卖菜，杀猪，运煤球，变成底层的劳动者，非常成熟。那时经常走过摊贩，他们忽然会割下一块猪肉，或抓起一颗菜头抛给我。你还在傻里傻气读高中，少年维特烦恼的时候，他们已经在赚钱养家，办桌结婚了。那个差距让我觉得自己好窝囊。

对那些生命的着迷，似乎是我不可摆脱的宿命。可是那些东西在都市一直扩大后，就渐渐减少了。

我好像一直都住在都市边缘，像住大龙峒，当时是台北边缘，现在住八里，又是台北边缘。我觉得在都市边缘，是你去凝视都市很好的角度，因为你不会一下子变成被物质所围养的宠物，就是觉得还有一种流浪的东西在身上，让自己自在一点。如果这是作家非分之想的话，我希望岛屿这样的生命力可以久一点，否则许多的创造力会因此而流失掉。

谢：我注意到本书收的文章，可分为两个时段：一九九九年十一月到二〇〇〇年十二月，以及二〇〇七年一月到二〇〇八年十二月。这之间相隔了六年，当初的想法，跟六年后再继续写，有何不同的转变吗？

蒋：你不提我大概没有特别的反想。我想那会不会是我时常在这片岛屿浪荡、游走，本来感受到的快乐、喜悦，与很澎湃热情的那种爱却渐被浇熄，其间大概有六年真的是非常沮丧。

大约在一九九九年，有一种兴奋，因为很具体感受到这个岛屿将要改变。它可以改变，让它再有一次可能性出来。我觉得那是我自己的梦想。

到了二〇〇六年，重新拿起笔来写《少年台湾》，是因为知道自己有过不实际的梦想，而我不该把它加在当年游走在岛屿的快乐上，我回来以岛屿的方式去看它，那种信仰才是比较具体的。就像我在《联合文学》另一本作品《岛屿独白》（一九九七）中，不称它为"台湾"，而称它为"岛屿"。我觉得自己可以从过去是威权的党，或有可能也变质的新的党，从那中间的关联跳脱出来，回到个人身上，所以我又开始背着背包，到处去走，觉得自己可以更快乐。

谢：这本书混融了像小说、散文和诗的笔法。就形式上来看，非常特别。譬如，您会使用括号，但括号有时跟主文有关，有时却自成一格，甚至有一种断裂的效果。您就这方面是否特意设想过？

蒋：我不太喜欢文体分类，就是归类成小说、散文或诗，也不太喜欢书写者太早被定义为诗人或散文家、小说家。因为我觉得这会使形式上产生一种捆绑。我很喜欢像加缪、卡夫卡、沈从文。他们写的很多的札记，其实很难归类，甚至我觉得好像是散文，可是里面的人物时常比他们的小说还强，或者说它的诗意性，比诗还要高。我希望抓到这个。

我喜欢不定性文体。因为不定性在书写时，能给自己更高的自由或散漫性。我还不能够定义到底是自由，还是散漫。像括号，我忽然不想写前面，就用括号把自己跳出来。跳出来时，也许是另外一个人在看这件事，也许是我自己的分裂，或者说是这里面的某一种断裂。用这个断裂，可以造成更像札记的部分，如果是札记，它的角度就可以跳，所以我当时不太在意这是不是一个完整的文体，就大胆地玩了这个部分。

这次重读，我觉得未来如果要继续写《少年台湾》，可能会更多用这种形式。

谢：这本书里面，有没有您比较喜欢的篇章？

蒋：其实不是篇章，我觉得是人物。我后来再读，突然觉得好怀念这些人物啊。

另外，譬如书里面的《少年丰山》，大概是我写的唯一一个，今天电子业里的上班族。开着 Mini Cooper，穿着阿玛尼衬衫，拿普拉达手机，身上有古龙水香味，那样雅痞的人物。他那天载了一个搭便车的，只为了"丰山"这地名就想去流浪的少年背包族。而他觉得自己好像已经没有那个能力了。写的时候，很忧伤，我觉得好怕自己变成那个样子。

我忽然发现写他，大概是在写一个我害怕的遗憾吧。

谢：所以这里面其实也包含一种自我的提示，或说反省，甚至是期待？

蒋：我相信这个岛屿是个年轻、富足的岛屿。而且我一直在想：我们在富有里面到底流失了什么？这个岛屿流失了什么？有没有可能就是在今天，忽然心血来潮。特别强调心血来潮，就是不要有什么计划，背起一个背包就走了，不要担心今天晚上睡哪儿，也不要担心下一顿饭在哪里吃。

如果我们处在一个富足的状态里，你在担忧什么呢？这些担忧是不是现在的都会里夸大出来的，一种对于生命的亵渎？

而我希望这时的《少年台湾》，可以让大家重新去行走这个岛屿，就是背着一个背包就走了，去探索一个新地方，去看看那些完全不同于你生活的人，或者回到记忆里曾经住过的小小的故乡、小区。说不定你认识的人还在，与他们交谈几句，我觉得那对自己现在的生活可能会是有趣的平衡。

谢：您觉得身为一个创作者，该如何拓展他／她的创作之路？

蒋：身为一个创作者，如果不能独自走出去，如果他经验一个土地里面的人的生活愈来愈少，这样的经验少掉以后，一定是创作的萎缩。因为创作一定是来自这种东西。我不觉得创作必然是从阅读来的，它应该是从生活出来的。

我一直喜欢的作家，如沈从文、高尔基，都是从生活出来的。高尔基的《童年》《我的母亲》《我的大学》都是他在俄罗斯浪荡时的记录。沈从文写《从文自传》《长河》和吊角楼里的妓女那种生活，全是在家乡和当兵时浪荡的记忆。我觉得这些都是最好的文学。

好的文学，并不是让人停留在这个文学本身，而是读完以后把它丢开，去看那一块土地和那里面人民的生活。我不知道这样的文学态度是不是对的，可是我觉得有一天这些书写被丢开，然后他们借着这些书写去了刺桐，去了金门的水头、马祖的芹壁、兰屿的野银，也许是最美好的一件事。

○　　○　　○

"最美好的一件事。"四周突然安静了下来。他显然还在等我发问。我翻动眼前的纸页，看着自己原先列的许多问题，却觉得无须再问了。

　　他马上像个孩子般蹦起来，说："走！带你们去看'万善同归'。"我观察到他讲述了一个多小时，就算到了现在，都还想不起自己应该要喝一点水。

　　小小矮矮的墓冢，碑石上刻着"万善同归坟"，香炉里供着线香，也插着香烟，显然一直有人祀奉，一旁还有棵老榕树撑展繁茂的枝叶在照护着，这些曾经无主的孤魂。类似这样的地方，据说在八里还有好多处，有的已盖了祠堂，塑了金身，有的只是一块红砖，一张红纸，写上了几个字。

　　就在"万善同归"的面前，我好像多懂得一点点什么是"少年台湾"的意义了。

　　他接着又领我们坐渡船，免得我们这群可能只会搭出租车的土包子，错失淡水河上的风景。当渡船渐渐远离岸边，坐在最后一排的他，咧嘴静笑地侧过身去，回视着八里。不知他究竟看的是河水，抑或观音山，又或者是风呢？我突然想起他写的《少年八里》：

　　这一岸的过客常常是办完丧事，踩着山脚下新坟土的黄泥，一脸疲倦沮丧，端着供品或神主牌，站在船头上口中念着经文或咒语。

　　那一岸的过客多来吃孔雀蛤。看烈火中蛤贝一个一个张开，嗅闻到蛤肉和九层塔的菜叶及大蒜一起爆开时辛辣刺激的味道。

　　写的是过去，却仿佛也能应合现在。我看着他和他看八里的方向，想着想着自顾地傻笑了起来。不定向的风，胡乱分拨着他一头卷曲的发，尽管发色已经灰白了，那少年的气象其实未曾稍改。

谢旺霖 *Xie Wanglin*

1980 年生于桃园中坜，台湾东吴大学政治、法律双学士毕业，台湾"清华大学"台湾文学硕士，目前为台湾政治大学台湾文学研究所博士生。2004 年获得云门舞集"流浪者计划"赞助，因为流浪，才开始迈出文学创作的生涯。著有《转山：边境流浪者》。

图书在版编目（CIP）数据

少年台湾 / 蒋勋著 . — 长沙：湖南美术出版社，2017.4
ISBN 978-7-5356-7954-3

Ⅰ. ①少… Ⅱ. ①蒋… Ⅲ. ①散文集—中国—当代 Ⅳ. ①I267

中国版本图书馆 CIP 数据核字（2017）第 036668 号

湖南省版权局著作权合同登记图字：18-2017-007

本著作物简体版由蒋勋授权中国大陆地区（不包括中国台湾、中国香港及其他海
外地区）出版，由台湾华品文创出版公司版权代理统筹。本书照片由拍摄者授权。

上架建议：文化·散文

SHAONIAN TAIWAN
少年台湾

出 版 人：李小山
著　　者：蒋　勋
策　　划：熊　英
责任编辑：刘海珍　潘旖妍
版权引进：刘海珍　文赛峰
特约监制：吴文娟
特约编辑：董　卉
文案编辑：郑　磊
营销编辑：仇　悦
装帧设计：戴　宇
出版发行：湖南美术出版社
　　　　　（长沙市东二环一段 622 号）
经　　销：新华书店
印　　刷：北京京都六环印刷厂
开　　本：700mm×1000mm　1/16
字　　数：160 千字
印　　张：15.25
版　　次：2017 年 4 月第 1 版
印　　次：2017 年 4 月第 1 次印刷
书　　号：ISBN 978-7-5356-7954-3
定　　价：48.00 元

质量监督电话：010-59096394
团购电话：010-59320018